U0483388

绿野仙踪

彼得·潘

爱丽丝梦游仙境

红发安妮

名著岛

海的女儿

魔法图书馆

涂色画

魔法图书馆

变成骡子的匹诺曹

[韩] 智逌莉/著
[韩] 李景姬/图
赵英来/译

海峡出版发行集团
海峡文艺出版社

前情提要

每当作家用心创作出一部妙趣横生的作品时，幻想王国中就会诞生与作品相应的故事王国。

人们所知道的故事中的主人公，也都生活在幻想王国相应的故事王国之中。

一天，黑魔法师偷偷溜进知识场图书馆（魔法图书馆）中，把管理图书馆的魔法师托尼变成史莱姆，试图偷走具有强大魔力、能够统治幻想王国的黄金书签！

万幸的是，黄金书签具有自我保护能力，在黑魔法师到来之前预感到了危险，早已四散到各个故事王国中去了。

魔法书具有神奇的力量，能将散落各处的黄金书签收集在一起。现在，请让我们带上魔法书出发吧。

托尼

主要人物

甘妮
富有责任心，为人正直诚实。一直自信地认为自己把调皮的妹妹尼妮照顾得很好。直到遇见捣蛋鬼匹诺曹后，自信心开始动摇了……

尼妮
成为幻想王国的英雄后，每天过着忙碌的生活。这次受托尼之托来到匹诺曹王国，非常期待与淘气包匹诺曹见面。但是，匹诺曹的淘气程度超出想象，她完全招架不住。

匹诺曹
到处惹是生非的木偶人，谁都拿他没有办法，与从库珀岛来的嘟嘟一起四处闯祸。在杰佩托老人无私的爱与甘妮、尼妮的帮助之下，匹诺曹能有所转变吗？

托尼

　　守护知识场图书馆的大魔法师。曾因黑魔法师的诅咒，变成了史莱姆，在甘妮和尼妮的帮助下恢复了本来面貌。

嘟嘟

　　在寒冷的库珀岛上以吃冰冻物品为生的雪怪之一。在好奇心的驱使下，他溜进了知识场图书馆，跟匹诺曹一起惹出了各种麻烦。

杰佩托

　　木偶人匹诺曹的雕刻者，努力教匹诺曹知识，照顾匹诺曹生活。匹诺曹的过于顽劣，时常让他伤心和忧虑。

狐狸与猫

　　整天想着如何赚钱的骗子，做任何事情都想方设法地赚钱。

目 录

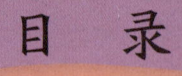

引　子　新冒险开始了／12

第一章　第一次吃到的字／22

第二章　来到匹诺曹王国／38

第三章　捣蛋鬼匹诺曹／46

第四章　一见面就摩擦不断／56

第五章　提线木偶剧团 / 66

第六章　猫和狐狸的阴谋 / 76

第七章　在漆黑的鱼腹中 / 86

第八章　开往玩具国的马车 / 102

第九章　解救匹诺曹 / 110

尾　声　对嘟嘟的审判 / 120

引子 新冒险开始了

姐姐，丑小鸭给我们寄来了邀请函！看这里，竟然用掌印来代替签名，很可爱吧？
甘妮、尼妮：
拯救幻想王国的英雄啊，请你们到我们王国来参观游玩吧。
打败黑魔法师后虽然没有了魔法书，但幸好还有邀请函。
是啊。只要有邀请函就能穿越到相应的王国中去！
但是，我们只能下次再去那里了。
为什么啊？我想马上就去。
你忘了吗？今天知识场图书馆要举行签名会。
啊，对了！今天说好要为读者签名来着。
尼妮，托尼给的“特别邀请函”在哪里？
你是说可以去幻想王国中任意地方的邀请函吗？

我记得放进这里了，不会是……

我明明保管在这里来着，到底去哪儿了？

我千叮咛万嘱咐，不是让你好好保管吗？

找到了！

姐姐，你做好去知识场图书馆的准备了吗？

当然！我昨天就已经准备好了！

那么，出发！

"欢迎欢迎，热烈欢迎！"

甘妮和尼妮一登场，四周就响起了热烈的欢呼声。姐妹俩为众人的热情所感动，笑容满面地向大家挥手致意。

"大家这么热情，我太感动了！"

这时，美少年托尼看到了甘妮和尼妮。

"朋友们，快到这里来！我教给你们的邀请函魔法，使用得怎么样？"

"嗯！按照你说的，打开'特别邀请函'，心中默念想要去的地方，一眨眼就到了。"

与尼妮不同，甘妮郑重地向托尼表示了感谢："非常感谢你能邀请我们来这里，也谢谢你今天举办的签名会。"

听到甘妮的话，托尼摆了摆手说："说什么呢！这是幻想王国的英雄们理所应当享受的待遇。好了，你们做好给粉丝们签名的准备了吗？"

托尼鞠躬致意后，手指向了图书馆中央的桌子。

"姐姐，看到那张桌子了吗？就好像公主用的，看起来古色古香的！我们竟然能有这种待遇，真是受宠若惊！"尼妮毫不掩饰自己的激动。

"尼妮，你的语言表达能力增强了。看来你最近读了不少好书啊。"

"读书使人进步嘛！"

……

甘妮和尼妮一路有说有笑地走向座位。

签名会如期举行，姐妹俩认真地给每一位读者签名，时不时还和他们交谈几句。

想要签名的朋友们，请到这里来！

甘妮和尼妮的签名会

签名会一结束,托尼就说他要去取些食品和饮料,暂时离开了会场。

尼妮赶紧询问姐姐:"姐姐,托尼怎么了?你不觉得他对我们太客气了吗?"

"怎么说呢?自从托尼恢复本来面貌之后,相处起来就不如以前亲切了。总好像有点尴尬。"

"是啊,我也觉得托尼是史莱姆的时候,比现在相处起来更舒服自在。"

"你们不是想让我这大魔法师一直当怪物吧?"这时,托尼笑着拿了装满曲奇饼干的盘子和牛奶走了过来。看到曲奇饼干,尼妮的眼睛睁得圆溜溜的。

"不会吧!这难道是爱丽丝秘境里白兔先生做的胡萝卜饼干?"尼妮惊讶得嘴巴都能塞下大鸡蛋了。

"没错。尼妮,你怎么一看就知道了?"托尼倒是有些吃惊,尼妮不愧是大吃货啊。

"我太想念这个饼干了,睡觉时都梦到好几次了。"尼妮赶忙抓起一块饼干塞到自己嘴里。

"梦里出现也不稀奇!白兔先生做的饼干,味道确实让人难以忘怀。"甘妮也微笑着拿起饼干。

尼妮又拿了一块曲奇饼干，从座位上站了起来。她把饼干放进嘴里品尝着，慢悠悠地走到书架前面。

"今天要读哪本故事书呢？"

"你又要读书了？"看着尼妮在摆弄书籍，甘妮建议道，"今天就休息一下吧。"

尼妮耸了耸肩说："我们现在被各个幻想王国邀请，我要尽快了解一下故事内容，提前做好功课啊。"

看到这样的尼妮，托尼露出了欣慰的笑容。

突然，甘妮脸色大变，焦急地朝尼妮喊："尼，尼妮，你，你身后……"

"我身后？我身后怎么了？"尼妮猛地把头转了过去，只见书架上有一本书正左右晃动着，随后从书中射出一道耀眼的光芒。

> 我们第一次来魔法图书馆的时候，也发生过类似的事情。姐姐，你还记得吗？

> 我怎么可能忘记？简直记忆犹新呢！

> 嗯？托尼的表情怎么那么严肃？

> 难道又有不好的事情要发生了？

> 魔法图书馆里的书籍跟幻想王国有着紧密的联系。为了防止因书籍受损而导致幻想王国发生意外状况，我们给每本书都施了保护魔法……

> 在这种情况下那本书还能不断地晃动，会不会是……

> 没错。这就意味着相应的王国中出现了意想不到的事情。

> 到底怎么了呢？

> 想知道原因，还得有人亲自去一趟才行……

托尼,你有什么可担心的呢?

对啊,不是有我们嘛!

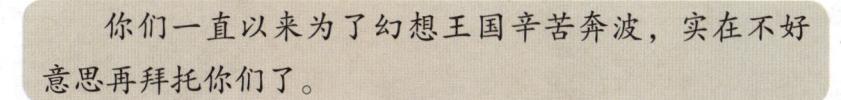

你们一直以来为了幻想王国辛苦奔波,实在不好意思再拜托你们了。

没关系。我们积累了那么多经验,现在一定会做得更好!对吧,尼妮?

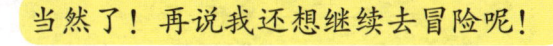

当然了!再说我还想继续去冒险呢!

太谢谢你们了。这两个魔法道具在危难时也许能够派上用场,你们带着吧。

魔法道具?

这是魔法项链,尼妮你拿着。摸着项链上的红宝石,集中精力想着需要的东西,你就能获得。

哇!太酷了吧!

甘妮,这是魔法手环,你只要按下手环上的蓝宝石,就能随时随地与我联系;你如果按下手环上的黄宝石,就能马上回到这里了。

谢谢你,托尼!

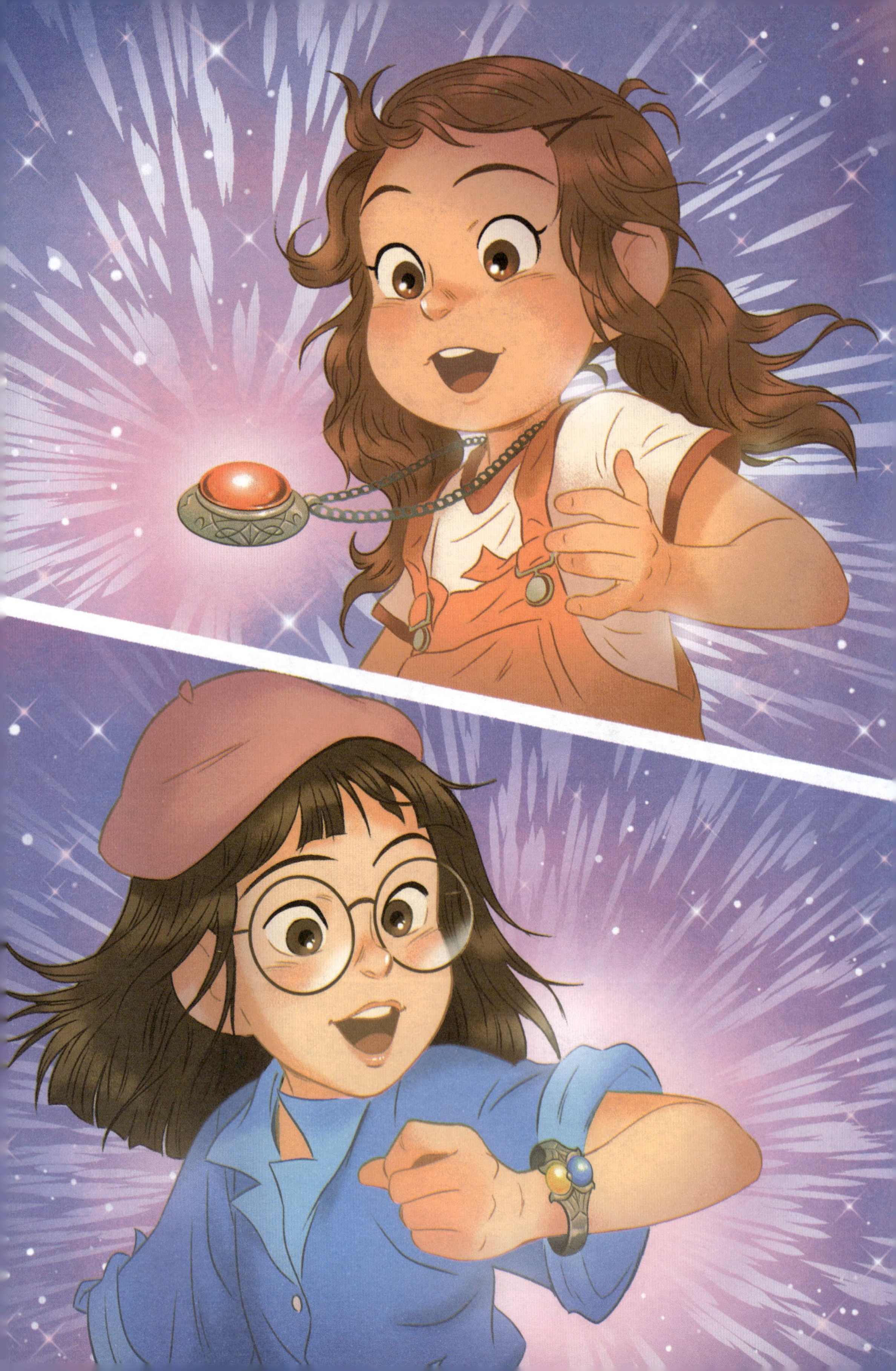

"在按下黄宝石之前,一定要抓紧尼妮的手,否则只有你一个人会回到这里。"托尼郑重地提醒。

甘妮和尼妮看到魔法道具后惊讶不已,眼睛里闪烁着晶莹的光芒。

托尼露出严肃的表情叮嘱道:"我相信你们会做得很好,但故事王国里到底会发生什么可是未知数,你们一定要多加小心。明白了吗?"

姐妹俩同时点了点头。

甘妮问道:"对了,托尼,那本书的名字是什么?"

托尼把书拿给甘妮和尼妮看,不断摇摆着的封面上是五个大字:木偶奇遇记。

第一章　第一次吃到的字

冻书刨冰节马上就要开始了!

载有大量书籍的船只，正在缓缓驶入库珀岛。库珀们站在码头上，焦急地等待船只靠岸。他们手里举着发光的旗帜，使劲地晃动，不停地呐喊。

三艘船上的书堆积如山，这些书现在都被冻得硬邦邦的，正适合做刨冰。

一些身材高大的库珀走上船，将书堆从船上卸到岸上。随后，更多的库珀们拿着梯子爬到书堆上，开始用钻头和镐头把书堆劈开，劈成小一些的块。

"吱啦——啪啪——"

每当钻头嗡嗡转动，每当镐头砸向冻书堆的时候，就会蹦出各种各样的文字。珞珞、嘟嘟和库库等小库珀们跑来跑去，将碎掉的文字装进自己的碗里。

"冻书刨冰节真是太好玩了！太让我开心了！"

听到嘟嘟开心无比的欢呼声，珞珞反问道："你不是一直都很开心吗？"

嘟嘟和珞珞很快就把碗装满了，他们边聊边等慢吞吞的库库。库库逛了半天，终于也在他的大碗中堆满了冻书刨冰。

库库咂着嘴，立刻拿起勺子说："快点吃吧！这次的字不知道是什么味道的。"

这时，嘟嘟像是发现了什么，兴奋地喊起来。

珞珞

库库

嘟嘟

朋友们,你们看看这个!我的刨冰里竟然有"米"字!

真高兴！这是我第一次吃到的字！

米？我也没吃过。

我也从来没有吃过"米"字，要不要我替你吃掉呀？

你想得美！

这个字，我奶奶的奶奶的奶奶也不曾吃过吧？这或许是世界上所有文字的终点站——我们这个库珀岛上谁都没有吃过的文字。品尝这个文字，一定要有仪式感才行！

珞珞认真过头了！好吃或者难吃，不外乎这两种答案而已。难道还会有其他的吗？

库库，你太单纯了！

是你太复杂了。

这是从哪篇文章里出来的呢？

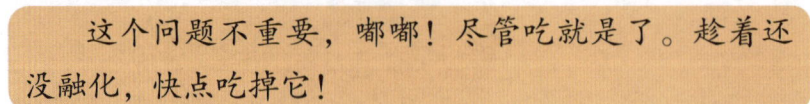

这个问题不重要，嘟嘟！尽管吃就是了。趁着还没融化，快点吃掉它！

知道了，我尝尝……

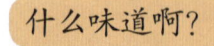

什么味道啊？

嗯……舌头触碰的瞬间，就能感受到一种清新的香气，软绵悠长，吃完仍然唇齿留香，让人自然而然就想微笑。

到底是好吃还是不好吃？

库库，你平时只关注味道吗？

当然了！有比味道更重要的东西吗？

嘟嘟，求求你跟库库说一下。世界上除了味道以外，还有很多重要的事情！

……

你在思考什么？

不好意思，珞珞。我在想这个字是从哪里来的，会是从哪篇文章中掉落的呢？我很好奇"米"字背后的故事……

在书被冻结之前，应该能知道它的来历。

你是说，书被冷冻之前吗？

书冷冻前是什么样的呢？

不知道。

我曾经听奶奶说过，船在抵达库珀岛之前，书还是正常的状态，没有被冻住。书本来是很多张纸装订在一起的状态，人们可以一张一张翻页看里面写的内容。叫什么来着……好像是叫"故事"。对！听说书中记载了很多好看的故事。

故事？如果是那样的话，我们把冰冻的书籍融化了就可以看书了，对吗？我们也能读故事了？

也许吧。但是今天运进来的书，不是已经都做成刨冰了吗？故事也都吃进我们的肚子里了。

那我们等下一批船来的时候，试着融化看看吧。

如果把书融化了，怎么制作刨冰啊？我不能不吃刨冰！

如果不融化书，在书籍被冻之前看呢？

嘟嘟，我们岛上只有冷冻的书籍。

库库说得对。在到达库珀岛之前，书就已经被冻得硬邦邦的了。

朋友们，你们想想看。当船只载着书出发时，书肯定是正常的状态。

没被冷冻的书，会是什么味道呢？

库库！不要只想着吃了！

要不等船返程之时，我们也跟着一起去那里看看吧！

去哪里？库珀岛的外面？

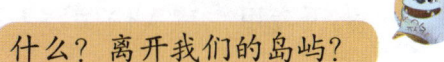

什么？离开我们的岛屿？

不是！不是完全离开这里，而是暂时离开。搭乘空船去看一下正常的书，然后再坐船返回这里。怎么样？简单吧？

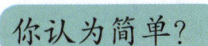

你认为简单？

我们还能回到这里，是吗？

珞珞和库库实际上很害怕，因为他们从来没有离开过库珀岛。但是，看到嘟嘟坚毅的眼神，他们内心也生出向往，很希望跟随嘟嘟一起去。

那天夜里，三人偷偷登上了船。

处理废弃旧书的岛屿——库珀岛在幻想王国中是一个非常神秘的存在。为了防止他人知晓库珀岛的位置，所有来这里的船只都是由魔法控制着，船上既没有船长，也没有船员。

圆圆的月亮挂在宁静的天空中，银色的月光洒在大地上。当月亮爬升到高高的夜空时，神奇的事情发生了：船上的缆绳自动解开了，船桨突然自己划动起来，船只慢慢离开了港口，渐渐加速驶向远方……

夜已深，但是嘟嘟、珞珞和库库一点睡意都没有。好奇、恐惧、期待等各种情感交织在一起，三人的心跳和行驶的船一样，逐渐加速了。他们聊着这样那样的话题，试图以此来缓解心中的紧张。不知不觉间，天边泛出鱼肚白，渐渐地，太阳升上了海面。

"朋友们，你们快看！太阳出来了！"

听到嘟嘟的呼喊声，珞珞平静地道："嘟嘟，太阳每天都会照常升起的。无论是在库珀岛上，还是在这里，或者在那遥远的地方……啊！"

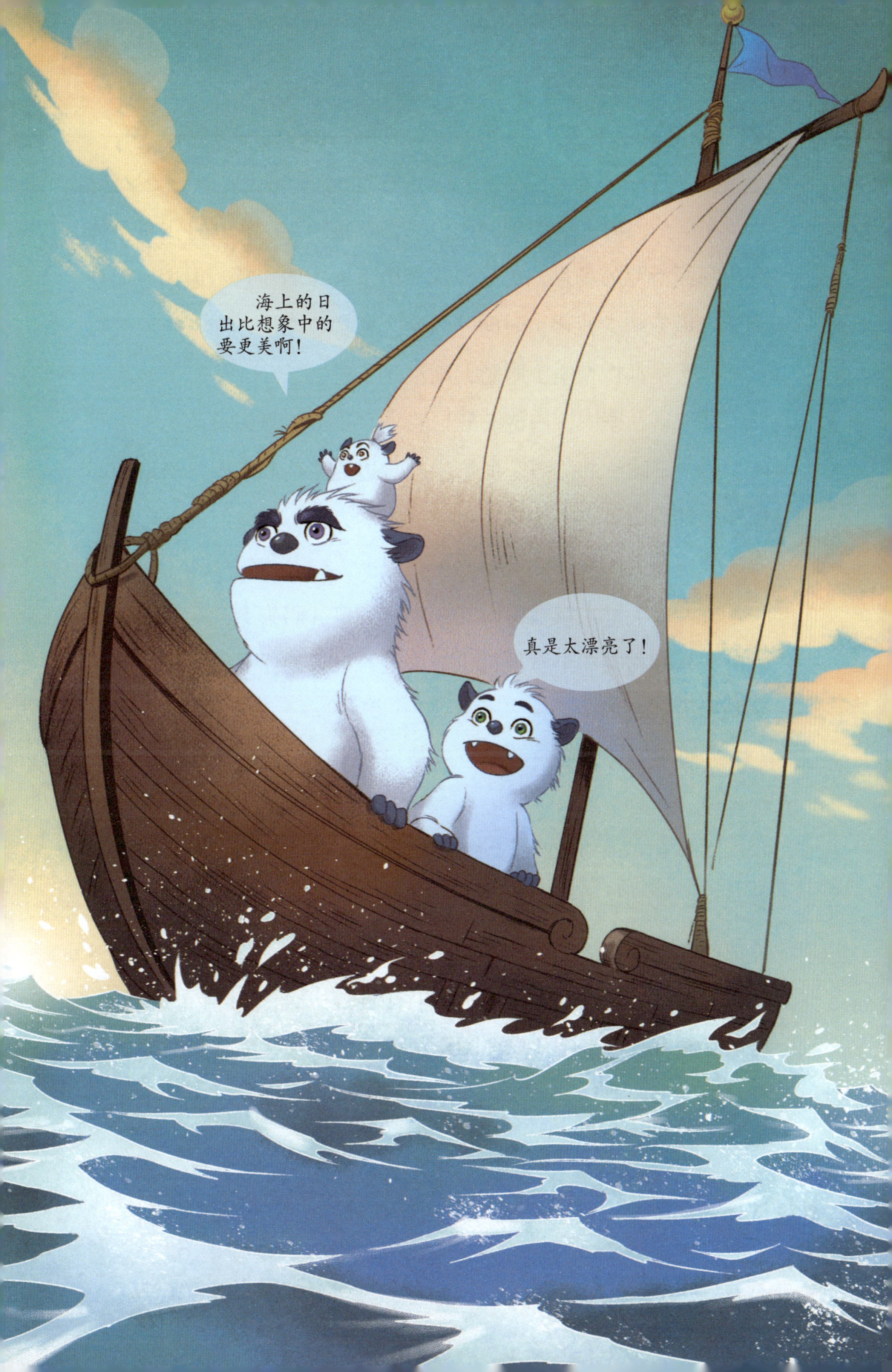
海上的日
出比想象中的
要更美啊！
真是太漂亮了！

在茫茫大海上，库珀们觉得一切都很神奇。尤其是飞鱼群体跃出海面滑翔的场景，更是深深吸引了大家的注意。但大海太辽阔了，风景缺少变化，时间一久，大家都疲乏了，加上昨夜一宿没睡，于是都慢慢闭上眼睛，渐渐睡了过去。

"珞珞、库库，快醒一醒！船马上要抵达码头了。"

第一个睡醒的嘟嘟，慌忙叫醒身边的珞珞和库库。珞珞和库库一边揉着眼睛，一边看向嘟嘟手指的方向。以绯红的夕阳为背景，一座美丽而雄伟的城堡出现在眼前。

船驶进了巨大城堡后面的一个小港口。码头上，穿着白色衣裳的少年和动物图书管理员正看着进入港口的船只。库珀们赶紧躲到船沿下面。

"码头上有人呢。我们万一被发现了那可怎么办？"库库担忧地说。

"我们一定要躲起来吗？直接说想要看一下书不行吗？我……"嘟嘟显得满不在乎，可他话还没说完，珞珞就用手捂住了他的嘴。

"不行！如果被抓住，我们的冒险还没开始就要宣布结束了。这里到底有没有书？他们会不会帮助我们？这些都是未知数。先看看情况再说吧！"

听了珞珞的话，嘟嘟和库库点了点头。

这时，码头上的少年向库珀们所在的船走了过来。库珀们担心被发现，紧张得不敢抬头。但幸好没有发生这样的事情，因为少年身边的树懒图书管理员劝阻了他。

"这——艘——船——没——必——要——检——查——"

"这是运什么的船？从哪里来的？"少年问道。

树懒图书管理员慢吞吞地回答："这——是——运——送——旧——书——的——货——船——去——固——定——的——地——方——将——废——旧——书——抛——弃——"

二人说话之际，库珀们乘坐的船旁边，又停了另一艘船。那艘船上，装满了大大小小的箱子。

少年的目光随即转向了新来的船。

树懒图书管理员再次向他说明："这——是——载——着——大——量——文——字——来——的——船——文——字——是——制——作——书——籍——必——不——可——少——的——原——材——料——"

"哦！是要运送到知识场图书馆的地下室吗？我听说那里有制作书籍的地方。这些箱子搬到那里就可以了，是吗？"

听了少年的话，树懒图书管理员点头一笑。

库珀们听了少年与树懒图书管理员的对话，若有所思。

嘟嘟压低声音说："前面那座城堡就是图书馆了。听说图书馆里能制作书籍，里面应该有没冷冻的书吧。"

珞珞愁眉苦脸地问："我们要怎么进入图书馆呢？"

嘟嘟思考片刻说："等到晚上，我们悄悄潜进去吧。"

夕阳西下，太阳的光芒已经弱了很多。渐渐地，黑暗笼罩了大地。嘟嘟、珞珞和库库等到天完全黑下来后，从船上小心翼翼地爬了下来，悄悄潜入知识场图书馆。

与白天人来人往的热闹不同，夜晚的图书馆显得格外安静。

库珀们的脚掌很柔软，即使走在大理石地面上，也只是发出针落在地上一样轻微的声响。

库珀们一抬头,发现自己被巨大的书架包围了。四面八方都摆满了各类书。三个人看着满墙的书,惊讶得说不出话来。

　　"哇!这里的书太多了!船上载的书跟这里相比,简直是小巫见大巫。"

　　听到嘟嘟的感慨,珞珞假装很懂地说:"奶奶说得没错,图书馆里的书堆积如山,在没有冷冻的情况下被整齐地排列着。"

　　库库拿起一本书,咽了一下口水翻看起来。嘟嘟和珞珞也各自翻阅起来。

很久很久以前,生活在……

　　库珀们直到读完一本书为止,都一动不动地站着。他们完全被书中的故事深深吸引住了,他们屏住呼吸仔细阅读,忘记了时间的流逝。

　　库珀们在看完最后一页后,长长地舒了一口气,然后互相对视了一下。

　　库库激动地说:"真……真有意思!原来书中的故事真的很好玩!"

珞珞也开口道:"我完全移不开眼睛。嘟嘟,你怎么样?现在终于得偿所愿了吧?"

嘟嘟慢慢地点了点头。

这时库库一边摸着肚子,一边说:"没有冷冻的书是什么味道的呢?你们不好奇吗?"

珞珞吓了一跳,赶忙劝阻道:"库库,不行!吃掉这里的书籍,万一发生一些意想不到的事情,那该怎么办?"

库库还是想吃,他喃喃自语:"但是我真的很好奇。而且我现在好饿啊……那我们不要把一本书全部吃掉,每人只吃一个喜欢的词,这样总可以了吧?"

"就……一个?"

看到嘟嘟也表现出感兴趣的样子,库库接着说:"我们就用舌头舔一下文字,稍微尝一下味道吧。"

最终,库珀们各自挑选出心仪的词,小心翼翼地从书上刮了下来。就这样,文字落到了库珀们的手里。

嘟嘟用指尖轻轻拿起文字,在月光下仔细观察了一番,然后慢慢拿到嘴边。

"朋友们,我告诉你们啊,这个味道是……"

突然,一道蓝色的光落了下来……这下嘟嘟再也无法给朋友们描述味道了。

啊！

第二章　来到匹诺曹王国

哎……哟……

咣！

啊！

这里到底是哪里啊？匹诺曹王国？

匹诺曹王国

我刚才吃的文字不是"匹诺曹"啊，怎么就进入书中了呢？

太棒了！

我要去见匹诺曹！

你知道匹诺曹的家吗?

你知道匹诺曹的家吗?

你是谁啊?

啊,你说的是杰佩托呀。问他的家吗?

那你知道杰佩托的家吗?

好像是这条胡同的尽头……啊,找到了!

咚咚!

咚!

是哪位啊?

您好,杰佩托。我叫嘟嘟。我来找匹诺曹。

你怎么会知道我想给木偶人起的名字?

嘟嘟把一脸茫然的杰佩托抛在身后，迈着轻快的步伐走进他的家里。

嘟嘟看到桌子上的木块说："原来在这里呀，匹诺曹！虽然现在你还没有被制作成木偶人，但是能够见证你的诞生，也是一件非常幸运的事情。"嘟嘟一边自顾自说着，一边坐在桌子前面的椅子上。

杰佩托看得一头雾水，听得糊里糊涂，摸了摸下巴，然后坐到了嘟嘟的对面。

嘟嘟指着木块说："您正在整理这些木块吗？您继续工作吧。我会安静地坐在这里，不打扰您。"

杰佩托耸了耸肩。虽然不知道怎么回事，但是他也不再询问，继续整理着木块，做着未完成的工作。

"真慢啊！太慢了！您能快点制作好吗？能再快一些吗？"嘟嘟终于忍不住了。

"天啊！我第一次见你这样的孩子。我们村子里向来没有像你这么无礼的小孩！"杰佩托在听了嘟嘟的第一百次催促后，终于训斥他了。

"像你这样的毛团就叫库珀吗？不管是库珀还是库博，不要只是坐在那里，你也帮帮忙。我想快点成为木偶人！"匹诺曹似乎也忍受不了嘟嘟的催促了。

听到匹诺曹的话，杰佩托无奈地摇了摇头说："我很担心把一个大捣蛋鬼带到这世界上来。我不知道该不该完成……"

话音未落，匹诺曹和嘟嘟同时表示反对。

"只要能制作完成，我一定会成为一个好孩子。"匹诺曹用温柔的语气说。

嘟嘟也帮腔道："一定要完成才行。这是个了不起的故事！"

在孩子们的催促下，杰佩托再次拿起了工具。

不行！我反对！

木偶人终于制作完成了。

匹诺曹在原地转了一圈，然后上下打量自己，确认了一下四肢是否活动自如。

嘟嘟看着木偶人匹诺曹，感叹道："哇，你跳舞跳得可真好！"

匹诺曹抓住杰佩托的胳膊，来回摆动着说："爸爸老了，不能跳舞了吧？满头白发可真让人尴尬，连参加舞会的邀请都收不到了吧？"

"说什么呢？你这小子！"杰佩托气得操起身边的工具就要揍人。

匹诺曹在屋子里躲来躲去，变着花样惹杰佩托生气。看到这种情形，嘟嘟开心地鼓掌叫好。

听到掌声后变得更加兴奋的匹诺曹，用新造的木手把屋子里的东西扔得乱七八糟的。最后，他害怕杰佩托教训自己，赶忙跑到了门外。

与此同时，甘妮和尼妮也乘坐蛋糕飞船抵达了匹诺曹王国。尼妮按下项链上的红宝石，蛋糕飞船就消失不见了。

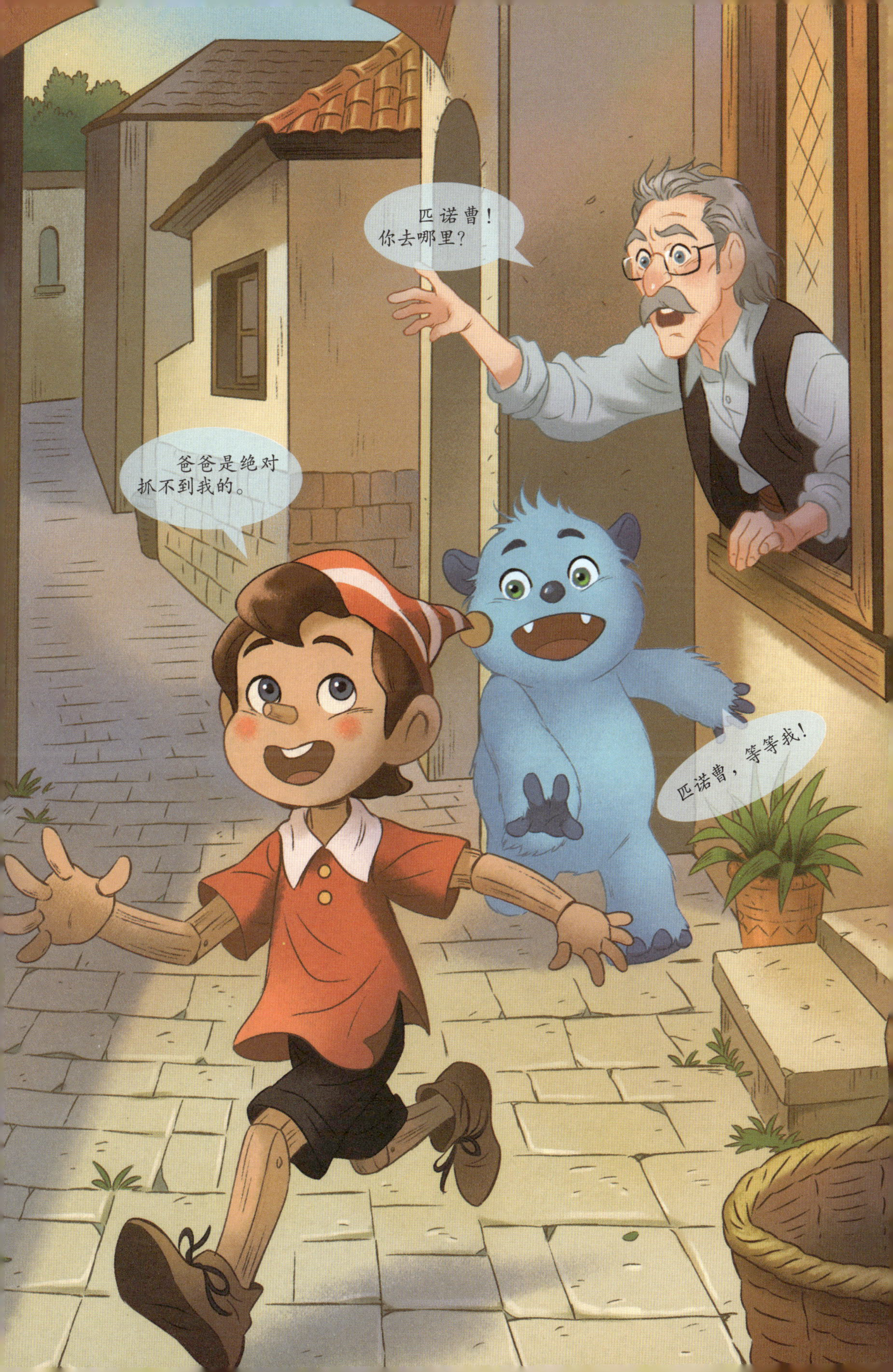
匹诺曹！
你去哪里？
爸爸是绝对
抓不到我的。
匹诺曹，等等我！

"尼妮,你的魔法项链可真厉害啊!"

"姐姐的也试试看。"

甘妮于是按下魔法手环上的蓝宝石,托尼的脸瞬间就出现在半空中。

安全到达了吗?

"托尼，我们已经到了匹诺曹王国。你有新消息吗？"

托尼摇摇头道："正在调查中，至今还没有有价值的线索。有新消息我会马上告诉你们。注意安全！"

托尼消失后，尼妮露出了一副不屑的表情说："姐姐和托尼总是说要注意安全。但是姐姐，我觉得和匹诺曹相处一定会很有趣。难道匹诺曹比我更调皮？"

甘妮不置可否，噘了一下嘴说："尼妮，匹诺曹可不是一般的捣蛋鬼。你最好也做好心理准备。"

尼妮对甘妮的话嗤之以鼻，说："再捣蛋能惹出多大的麻烦啊？姐姐是优等生，可能不知道，不听话、爱捣乱本来就是小孩子的天性，我能理解匹诺曹。"

看着自以为是的尼妮，甘妮只得道："不管怎样，我已经提醒过你了。"

第三章　捣蛋鬼匹诺曹

甘妮和尼妮一路上向人们打听，终于找到了杰佩托的家。这时，她们看到杰佩托正有气无力地坐在家门口。

"您没事儿吧？"姐妹俩小心翼翼地观察着杰佩托的脸色询问道。

一脸疲惫的杰佩托慢慢开口说："我曾经赛跑很厉害，那时比谁都跑得快。但是现在，连一个小孩子都抓不到。"

"小孩子？您是说匹诺曹吗？匹诺曹去哪里了？"

"你们怎么知道匹诺曹？"

"那个……我们是旅行者。"甘妮向杰佩托说出了自己的身份，也解释了来这里的原因。

杰佩托听说过旅行者们拯救幻想王国的事迹，所以相信了姐妹俩的话，并开始诉起苦来。

"看来我不应该造出他。刚刚制作完成木偶人，他就各种嘲笑我，惹我生气，还不管不顾地跑出了家门……"

"看来匹诺曹不是一般的捣蛋鬼啊!"

听了甘妮的话,杰佩托点了点头表示赞同。

"是啊,匹诺曹每次惹麻烦的时候,身边还有一个鼓掌叫好的孩子,所以,匹诺曹就变得更加兴奋,行为也更猖狂了。"

"有人怂恿他?是谁啊?"

甘妮意识到,匹诺曹的故事里进入了一个陌生的角色,而这个人可能就是问题的关键。

"名字叫什么来着……我明明听了,但是忘记了。那是个非常陌生的名字。总之是一个浑身长满蓝色毛发的家伙。"

"我们抓紧把这个消息告诉托尼吧。"

甘妮按下魔法手环上的蓝宝石,跟托尼取得了联系。托尼听了后,疑惑地歪了一下头。

"什么?一身毛茸茸的?蓝色毛发?到底是谁呢?"托尼不由得陷入了沉思。

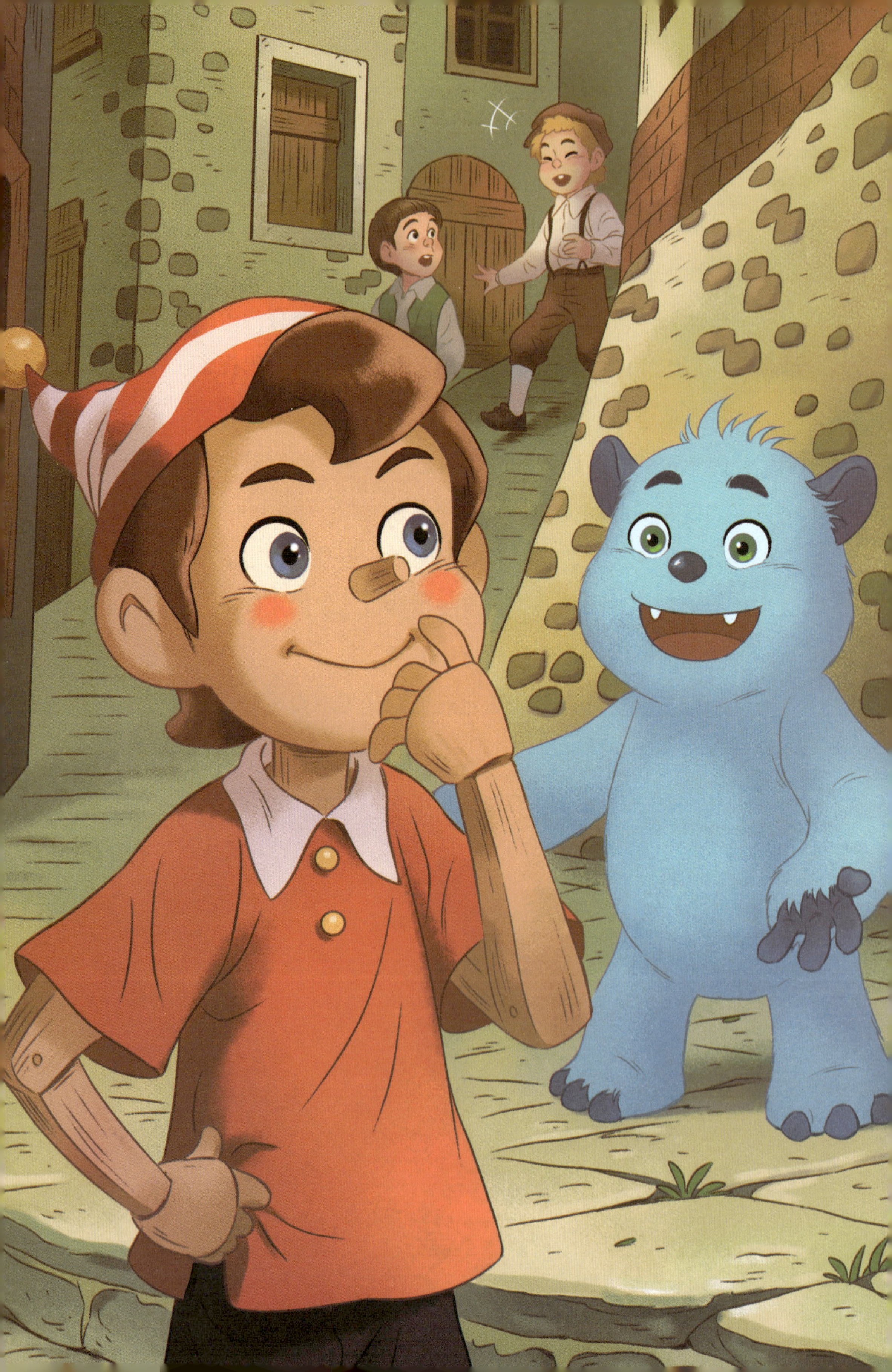

离开村子的匹诺曹和嘟嘟，兴高采烈地走在路上，时不时就闹出不小的动静。

"匹诺曹，你真是个淘气天才！我第一次见到像你这样随心所欲的人。"

听到这句话，匹诺曹更加神气，更加自以为是。这时，他们遇到了一个身材高大的男孩。

"嘿！"匹诺曹喊了一声，男孩看向匹诺曹。

"我？你是在叫我吗？"男孩很是疑惑。

匹诺曹趾高气扬地说："是啊，就是你，大块头！我们俩比比谁更厉害，怎么样？"

"你和我？哈哈哈！好啊，你说怎么比？"

"我们互相攻击对方，谁先哭就算输。这个方法怎么样？"说着，匹诺曹伸出了胳膊，让男孩先动手。

身材魁梧的男孩露出了鄙夷的神情说："是你让我打你的，哭了可不能怪我啊。"

"就你那个棉花拳头，我有什么好哭的？快使出你吃奶的力气打我吧。"

男孩用力地挥动拳头砸向匹诺曹，可是匹诺曹好像真的只是被棉花砸了一样，毫发无损，还不屑地笑着。嘟嘟见了，在旁边高兴地鼓掌助威。

"匹诺曹，你真了不起！"嘟嘟还大声夸赞。

嘟嘟的话，更让男孩火冒三丈，他铆足了劲儿打向匹诺曹。但是，用硬木头做成的匹诺曹感觉不到一点儿疼痛，反而是打人的男孩疼得嗷嗷直叫。男孩看着自己红肿的拳头，终于忍不住大声哭起来。

"你们！对我家孩子做了什么？"听到孩子的哭声，男孩的妈妈追了出来。

匹诺曹一惊，拉着嘟嘟的手迅速逃跑。他们在狭窄的胡同里横冲直撞，结果撞翻了路边的水果摊，各类水果腾空而起，一个个落在地上摔得稀巴烂。嘟嘟感觉水果碰到自己时，就好像在挠痒痒一样，既舒服又好玩。

水果哗啦啦砸向地面，扬起了一阵阵尘土；飞扬的尘土，又落在刚烤好的面包上……匹诺曹一路上不断闯着祸，惹得王国里的人们纷纷出来追赶他。

匹诺曹和嘟嘟赶紧藏进窄小的巷子里，好不容易才躲过满腔怒火的人群。

"哈哈哈，我从来没有这么高兴过！"嘟嘟大口喘着气，向匹诺曹竖起了大拇指，"你真的太棒了！你是我见过的最厉害的捣蛋鬼！"

匹诺曹耸了耸肩，朝一个往小巷里张望的孩子扔了一颗石子。

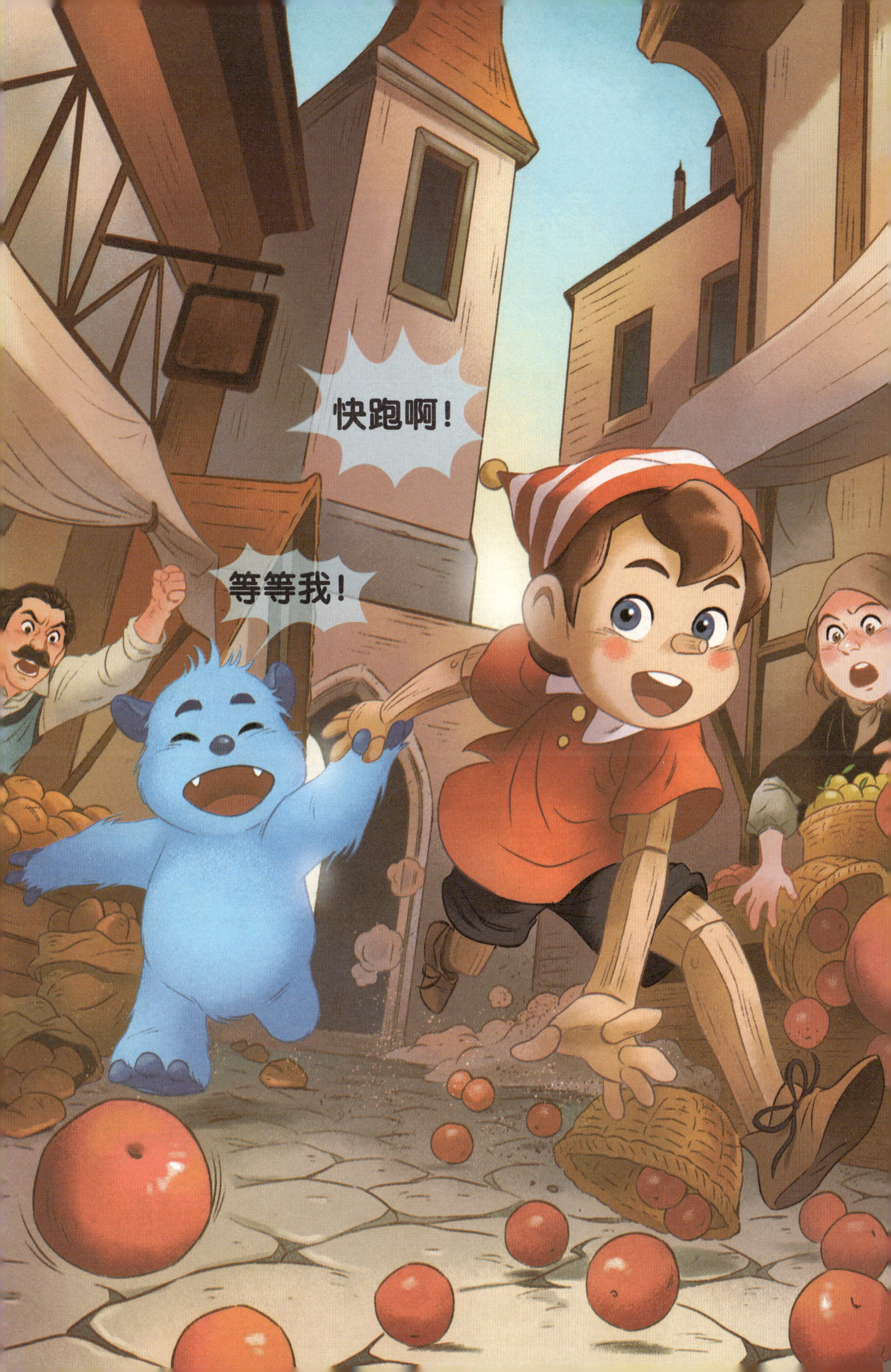
快跑啊！
等等我！

"快走开！"匹诺曹恐吓道。

嘟嘟再次被匹诺曹粗暴的行为逗得大笑。他接着向匹诺曹提出了撒谎的请求。

"你撒谎试试。据说你撒谎鼻子就会变长。"

"真的吗？我的鼻子会变长？"

嘟嘟露出期待的表情，点了点头。

匹诺曹思考片刻，然后张嘴说："我喜欢学习。"

匹诺曹的鼻子长了大约一寸。

两人看到鼻子确实变长了，兴奋地拍掌大笑。

"哇！真神奇啊！再来一次，快点！"

被嘟嘟的赞美声冲昏头的匹诺曹继续胡言乱语，说了一堆谎话：

"我是懂礼貌的孩子。"

"我做了很多好事情。"

"我听大人的话。"

……

匹诺曹说出一连串的谎言，鼻子也随之越变越长。令人尴尬的是，长长的鼻子竟然卡在了小巷的砖缝里。现在的匹诺曹一动也不能动了。

"嘟嘟，我动不了了。你快帮我想想办法！"

但是，嘟嘟连这种状况也觉得很有趣，看着匹诺曹捧腹大笑。正当匹诺曹一个人挣扎着要把鼻子拔出来时，周围传来了嘈杂的声音。

"在这里！那小子藏在这里！"

大家发现了匹诺曹，一时间人们如潮水般涌进巷子。

嘟嘟这时才意识到要帮助匹诺曹，但为时已晚，因为警察随后就赶到了。

"哔哔！"

警察一边吹着哨子，一边让人们退后。

我们来抓捕袭击路人、肆意破坏他人物品的家伙！

匹诺曹的心提到了嗓子眼儿,他更加急切地呼喊着嘟嘟:"快点救救我!如果被警察抓住的话,也许会被送进监狱!"

可是,嘟嘟并不清楚"监狱"是什么,在和平的库珀岛上从没有监狱这种东西。

"监狱是什么?"

面对嘟嘟的问题,匹诺曹无奈地解释道:"监狱就是一个非常狭小的房间,如果被关在里面的话,什么都做不了了。是个没有自由的地方!看来我们要一起进监狱了!"

嘟嘟听到这句话后震惊不已。

"也许,说不定会把我们送到一个遥远且可怕的地方!"

嘟嘟突然想到,如果自己被警察抓住的话,也许会被立刻遣送回库珀岛。可他还没在这里玩尽兴呢。

"匹诺曹,对不起……我们下次再一起玩吧!"嘟嘟在匹诺曹的耳边低语后,脚下像生了风似的一溜烟逃走了。

匹诺曹被气得快要发疯了,他朝着嘟嘟的方向大喊:"喂!你去哪里?都是因为你,我才变成这样子!"

第四章　一见面就摩擦不断

甘妮和尼妮从市场里的吵闹声中听到了匹诺曹的名字，跟着人群过去后发现长鼻子的匹诺曹正被警察包围着。

"姐姐，你说匹诺曹都说了什么样的谎话，鼻子才会长得那么长？"

哒哒！

听到尼妮的话，甘妮摇着头说："哎，不管怎样，我们得帮帮他。我们按照书中的方法试试看吧。"

尼妮询问是什么办法，甘妮说："现在要借助你的魔法项链的力量。你召唤一下啄木鸟群！"

"什么？啄木鸟群？好，我试一试。"

尼妮紧紧握住项链，心中默默想着"啄木鸟群"。突然，不知从何处飞来了一大群啄木鸟，纷纷落在匹诺曹的长鼻子上，用尖锐的喙一点一点啄着木头。

哒哒！

哒哒！

一时间，啄木鸟啄木头的声音回荡在巷子里。不一会儿，匹诺曹的鼻子恢复了本来的样子。

"谢谢你们救了我。"

"见到你很高兴，我是尼妮。"

"我叫甘妮，我们是……"

还没等甘妮说完，警察们就粗暴地抓住了匹诺曹。

"带到警察局去！你这个惹是生非的家伙！"

突然，尼妮勇敢地挡在了警察前面。

"你们这样对待孩子太无礼了。万一受伤了，怎么办？"

听到尼妮的话，人们把矛头指向尼妮，纷纷高声喊起来：

"他能受什么伤？我家孩子才受伤了呢！你看看！就是他把我家孩子弄成这样的！"

"我家水果摊被他弄得乱七八糟，水果也全都坏掉了！就因为他撞倒了水果摊，水果才会摔到地上砸个稀烂。"

"我也一样糟。我从早晨开始辛苦烘烤的面包，现在一个都不能卖了！"

……

看到大家怒气冲冲的样子，甘妮赶忙把妹妹搂在怀里向后退了几步。

甘妮小声对尼妮说:"我们先离开这里吧。否则我们的处境也会变得危险起来。"

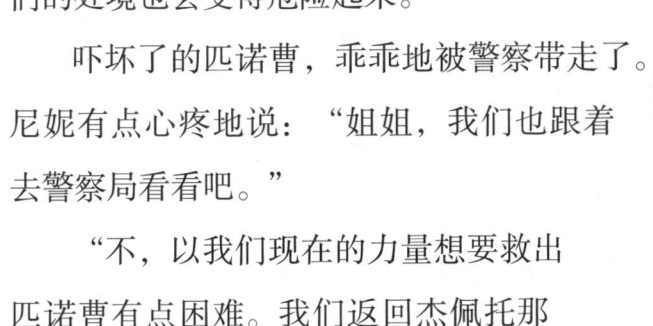

吓坏了的匹诺曹,乖乖地被警察带走了。尼妮有点心疼地说:"姐姐,我们也跟着去警察局看看吧。"

"不,以我们现在的力量想要救出匹诺曹有点困难。我们返回杰佩托那里再想办法吧。"说完,甘妮带着尼妮匆忙朝杰佩托家走去。

警察局有点可怕……

"什么？我的匹诺曹被警察抓走了？"

听到姐妹俩带来的坏消息，杰佩托慌忙起身，夺门而出。在去警察局的路上，杰佩托一直非常自责，说都是自己没有教育好匹诺曹。

刚到警察局，杰佩托一把抱住匹诺曹。他强忍着泪水，端详着匹诺曹，问："还好吗？有没有受伤？"

匹诺曹默默地点了点头。

杰佩托向警察解释，因为匹诺曹还没有接受教育，所以才会犯错误，并表示今后自己一定会好好教育孩子。杰佩托甚至还说，发生这样的事情都怪他，他乞求警察能让他代替匹诺曹进监狱。杰佩托无私的爱深深地打动了警察们，最终匹诺曹被他的爸爸带回了家。

回家的路上，匹诺曹紧紧地抓着杰佩托的手，爸爸身上的温暖传递到了他的身上。

"爸爸为什么把我犯下的错误说成是他自己的错误呢？"匹诺曹始终不明白，爸爸为什么为了自己向警察道歉求饶。

"咳，真不明白。"匹诺曹为了不再纠结这个问题，摇了摇脑袋。但是，他内心有个小人仍然想要得到答案。

这时，甘妮询问道："匹诺曹，那个跟你在一起的孩子，就是浑身毛茸茸都是蓝色毛发的那个，他是谁啊？"

听到甘妮的话，匹诺曹想起了抛弃自己、独自逃跑的嘟嘟。瞬间，他忘记自己犯下的错误，对嘟嘟的怨气和怒火达到了顶点。

"为什么提他？真让人扫兴。"

匹诺曹突然大发雷霆，甘妮惊慌地不知所措。

尼妮维护着姐姐，说："匹诺曹，我们问一下怎么了？没必要对帮助你的恩人大呼小叫吧！"

话音刚落，匹诺曹的态度变得更恶劣了。

"我什么时候让你们帮我了？都是因为你们自己想帮忙才帮的！这一切不是我要求你们做的！"

"什么？你怎么说这种话？"姐妹俩异口同声地说。

嘴长在我的身上，我想说什么就说什么。怎么了？

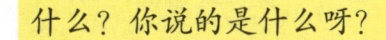

什么？你说的是什么呀？

匹诺曹，我们问一下你的同伴去哪里了，难道有错吗？而且我们问你是有原因的。

不要跟我提起那个蓝色毛团，一句也不想听。还问我为什么，我连想都不愿意想！

哇，真是蛮不讲理。

是吧，尼妮？我说过，他可不一般。

在尴尬的气氛下，孩子们谁也没有再说下去。到家后，杰佩托立刻准备了热牛奶，并一一递给每个人。他为家里没有饼干的事情表示抱歉。甘妮和尼妮连忙说没关系，而匹诺曹则紧闭双唇、一言不发。

姐妹俩对于匹诺曹的无礼行为感到很无奈，但是也不想就这样回去。

匹诺曹，我们是为了拯救你们的王国而来的旅行者。请接受我们的帮助！

我才不需要你们所谓的帮助呢。还有，我的家很小，就不留你们在这里了。

喂！我姐姐这么温柔地跟你说话，你竟然用那种态度回答？我再也受不了了！

受不了就别忍着！谁让你忍着了？

真不知道我们提心吊胆、辛苦奔波的意义是什么？

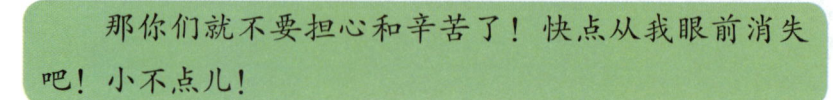

那你们就不要担心和辛苦了！快点从我眼前消失吧！小不点儿！

什么？小不点儿？你不也是跟我差不多大嘛！

匹诺曹，你说得太过分了！

怎么了？她本来就是小不点儿！我说不了假话。说假话鼻子就会长长。

刷——

听到匹诺曹的话，忍无可忍的尼妮终于爆发了。

"姐姐！我们还要忍耐到什么程度？把匹诺曹绑在这里，我们自己想办法去解决吧！不，我不想解决任何问题，我现在只想回去！"

"尼妮，我完全理解你的心情，我也想那样做。但是就这样不声不响地离开，也不是我们的风格呀！"

杰佩托劝阻道："孩子们，对不起！我代替匹诺曹向你们道歉。匹诺曹由于没有受过教育，所以才是这个样子。礼貌、关心什么的，他都不懂。但他是个聪明的孩子，只要有人耐心教他，他一定会变好的。"

听到杰佩托真诚的话语，甘妮和尼妮的心变软了。最终，姐妹俩决定要好好教育一下匹诺曹。

甘妮对尼妮说："从魔法项链里拿出书本来，让匹诺曹开始学习吧。"

尼妮故意挑选了一堆又难懂又厚重，还没有任何图片的书。

匹诺曹一瞬间被各种书包围住了。

匹诺曹装模作样地试图找各种理由逃避学习，他忘记撒谎鼻子会长长的事了。

"撒谎！你是木头做的，你既不需要呼吸，腰也不会疼！"尼妮一下子就揭穿了他的谎言。

爸爸！我喘不过气了！学习的空间太小了，我腰好疼！

匹诺曹实在受不了了，带着哭腔对杰佩托说："干脆让我上学得了。拜托了！"

听了这话，杰佩托用请求的语气对甘妮和尼妮说："孩子们，你们能带匹诺曹一起去学校吗？让他自己上学，我实在是不放心。"

第五章　提线木偶剧团

一定要这样吗？

匹诺曹看到甘妮和尼妮把绳子绑在书包两侧，一边走一边抱怨不停，还说为什么不能拉手。

"如果我们拉手的话，那你就不能用手了。相比之下，这样更好一些。"甘妮体贴地说。

尼妮似笑非笑地补充道："紧紧跟着你，我们在陌生的地方也不会迷路了。"

"跟她们俩在一起，我就只能乖乖上学去。"匹诺曹皱着眉头，低头向前走着，他在心中谋划着逃跑计划。

"你们不想去厕所吗？"

"我们没关系。你是木偶人，你也没必要去厕所。别总想着逃跑，知道了吗？"甘妮猜出了匹诺曹的想法。

"那休息一下再走吧！走了这么久，腿不累吗？"

"不，一点都不累。"尼妮反而走得更快了。

匹诺曹找了各种各样的理由和借口，可在甘妮和尼妮面前完全行不通。

"你们真是……比木头还不通人情！"

听到匹诺曹的话，姐妹俩笑开了花。

"哈哈哈！这是到现在为止你说的话当中最搞笑的一句。"

"姐姐，你不觉得好像有人在监视我们吗？"

听妹妹这么一说，甘妮马上提高了警惕，偷偷四下打量。

"怎么了？有谁跟着我们吗？什么也看不到啊。"

"是吗？最近我们人气太高了，可能是我多心了，呵呵。"

其实尼妮的预感是正确的。从匹诺曹家里出来，就有一个神秘人一直跟在他们后面。

那个神秘人，就是嘟嘟。

嘟嘟看到甘妮和尼妮与匹诺曹形影不离，不敢贸然靠近。他还想跟匹诺曹继续玩耍，于是一路尾随着找机会。

就在这时,伴随着音乐传来了剧场老板的吆喝声:"提线木偶大剧团的演出马上就要开始了!"

听到这个声音,匹诺曹立刻变得兴奋起来。他喊道:"提线木偶!朋友们,那边有木偶表演!"

"我们得去学校啊。你忘记跟父亲的约定了吗?"甘妮的语气透露出没有商量的余地。

见此,匹诺曹灵机一动,打起了感情牌。

> 我们就看一小会儿。我想见一见跟我一样用木头做成的孩子们……

匹诺曹眼泪汪汪地乞求起来。在他的软磨硬泡下，甘妮和尼妮勉强答应了。

"好吧，那就看一会儿，绝对不能拖延太久的时间。你能保证吗？"

"当然了！真的只需要一会儿。我真的只想看一看我的木偶朋友们。"

剧场里挤满了来看木偶表演的观众。匹诺曹推开摩肩接踵的人群，毫无顾忌地向前冲去。牵着绳子的甘妮和尼妮也不得不紧随其后，在人潮中艰难前行。

两人不断地向周围人道歉，一直说着"对不起""打扰了"，最终到达舞台前面。

匹诺曹走到离舞台最近的地方，仔细观察着提线木偶们。

"哇，真的跟我一模一样啊。他们是我完美的伙伴！"

这时，舞台上的提线木偶也注意到了台下的匹诺曹，从而引起了不小的骚动。

"天啊，你们看看啊！那个提线木偶没有吊绳也能活动自如！不，没有吊绳，他就不算是提线木偶了吧？"

提线木偶们看到匹诺曹，一个个开心得手舞足蹈。起初，匹诺曹被这一幕吓了一跳。和提线木偶们聊了会儿，又犹豫了片刻，他直接走上了舞台。

喂！你也到台上来吧。你不需要任何人的帮助也可以上来啊！

兴奋不已的提线木偶们忘记了木偶戏的表演，吵吵闹闹地围绕在匹诺曹的身边。

台下的观众开始不耐烦了，他们纷纷向剧团讨要说法。大家花钱是来看木偶戏的，结果演出不仅没看成，提线木偶们竟然还在台上聊起天来。

"你们到底在干什么啊？为什么在舞台上吵闹？"木偶戏中断后，观众席里抱怨声此起彼伏，老板跑来训斥。

突然，不知是谁喊了一声："那不是捣蛋鬼匹诺曹吗？就在刚才还在惹麻烦来着，怎么出现在这里？快点抓住他！"

人们呼啦啦冲向舞台。慌乱之下，提线木偶们的绳子互相纠缠在了一起。人们的脚也被绳子缠绕住，一个个栽倒在地上。顿时，舞台上乱作一团。

匹诺曹想要趁着混乱赶紧逃走。这时，一只强壮的胳膊伸了过来，抓住了匹诺曹的书包。

"抓到了，这家伙！"

男子把书包高高提起，匹诺曹却从书包下面溜了出去。动作敏捷的匹诺曹直接从人群中钻了出来，"嗖"的一下逃跑了。

"啊，匹诺曹逃跑了！"

看到匹诺曹逐渐远去，人们这才发现匹诺曹书包上的绳子连接着姐妹俩。

"你们又是干什么的？"

周围弥漫着紧张的气氛，甘妮和尼妮顾不得解下绳子，转身迅速离开了。

匹诺曹跑了很久才甩开甘妮和尼妮来到一个安静的地方，停下脚步要休息时，嘟嘟不知从哪里冒了出来。

"匹诺曹，原来你跑步也这么厉害啊！跑得很辛苦吧。你果然很棒！在那种情况下还能顺利脱身！太帅了！我一直关注你来着。"

"什么？你一直在跟踪我？"

匹诺曹实在是想不通，当初在胡同里嘟嘟丢下自己一个人逃跑了，现在又毫无征兆地突然出现在眼前，真是越想越来气。

"匹诺曹，你怎么了？难道我做错什么了吗？"

匹诺曹被气得说不出话来。

"匹诺曹，你生气了？"

"没有，我没生气。"

刚说完，匹诺曹的鼻子就长长了一点。嘟嘟观察着匹诺曹的脸色，不知如何才能让匹诺曹消气。

"求求你别生气了。我为刚才的事情向你道歉。我太害怕被警察抓住了。他们会把我从这里赶走的。那样的话,我就再也见不到你了……"嘟嘟低声下气地道歉。

看到嘟嘟真诚地向自己道歉,匹诺曹逐渐解开了心结。

"匹诺曹,我们是好朋友!这世上哪有像我这样事事认可你、支持你的人啊!你的爸爸和一直抓着你的两个人,他们只会对你指手画脚,没完没了地警告你。"

匹诺曹认为嘟嘟说得对。

"我们是真正的好朋友,可以一起做很多开心的事情!你跟那两个孩子在一起的时候,是不是很无聊啊?我全部都看到了!"

"你说得没错。"匹诺曹点了点头,"那两个孩子有名字,她们是甘妮和尼妮。"

第六章　猫和狐狸的阴谋

　　从剧场追出来后，甘妮和尼妮想到逃之夭夭的匹诺曹，内心都感到十分气愤。

　　尼妮为了消气，从魔术项链里拿出了便携式电风扇和两把野外露营椅。两人默默地坐了好长一段时间。当身体逐渐凉爽下来后，姐妹俩的心情也慢慢平复了。

　　"姐姐，匹诺曹为什么那么任性呢？简直是为所欲为！"

　　"是啊。难道匹诺曹到青春期了？"

　　"我也不爱听大人的话，想做什么就做什么，但是好像跟匹诺曹不太一样。"

"尼妮，你做错了事情懂得改正和吸取教训，也从来没有因为自己的行为给别人造成伤害，而匹诺曹却不是这样。"

"到底去哪里找匹诺曹啊？如果有无人机就能轻易地找到他了，但是我们也不会操控机器啊。"

听到尼妮的话，甘妮打了一个响指说："操控无人机这件事，一时半会儿是很难学会的。我们还是找托尼帮忙吧。"

另一边，匹诺曹和嘟嘟重归于好。看到两人开心交谈的样子，狐狸和猫走了过来。

"有什么好事情吗？"猫的眼睛里闪着蓝色的光，语气温柔地跟匹诺曹和嘟嘟搭话。

狐狸摘下帽子，慢慢走到他们身边，用低沉的声音，不紧不慢地说："让我们也快乐一下吧。你们在聊什么开心的事情啊？天上掉馅饼了吗？有很多的钱？"

匹诺曹笑盈盈地答道："不是的，我身上没有一分钱。但是我身边有这么好的朋友，哪怕身无分文也总能让我笑出声来。"

听了匹诺曹的话，猫和狐狸的脸色一下子就变了。与此同时，语气也变粗起来。

"没有钱还在这里晃悠什么？快点走开！"猫尖声喝道。

匹诺曹被这出人意料的状况吓得后退了几步，而嘟嘟却拍手欢呼起来："哇，太了不起了！一瞬间就能变换表情，你们是怎么做到的？"

猫和狐狸心里想着世界上怎么会有这种人，都用不可思议的表情看着嘟嘟。

嘟嘟却不在意，接着说："这么快就能对别人进行判断和分析，看来你们是聪明绝顶的人啊。"

听了嘟嘟的话，猫露出了尴尬的笑容，狐狸却心情大好，开怀大笑起来。

狐狸道："你可真会说话呀。你从哪里来？"

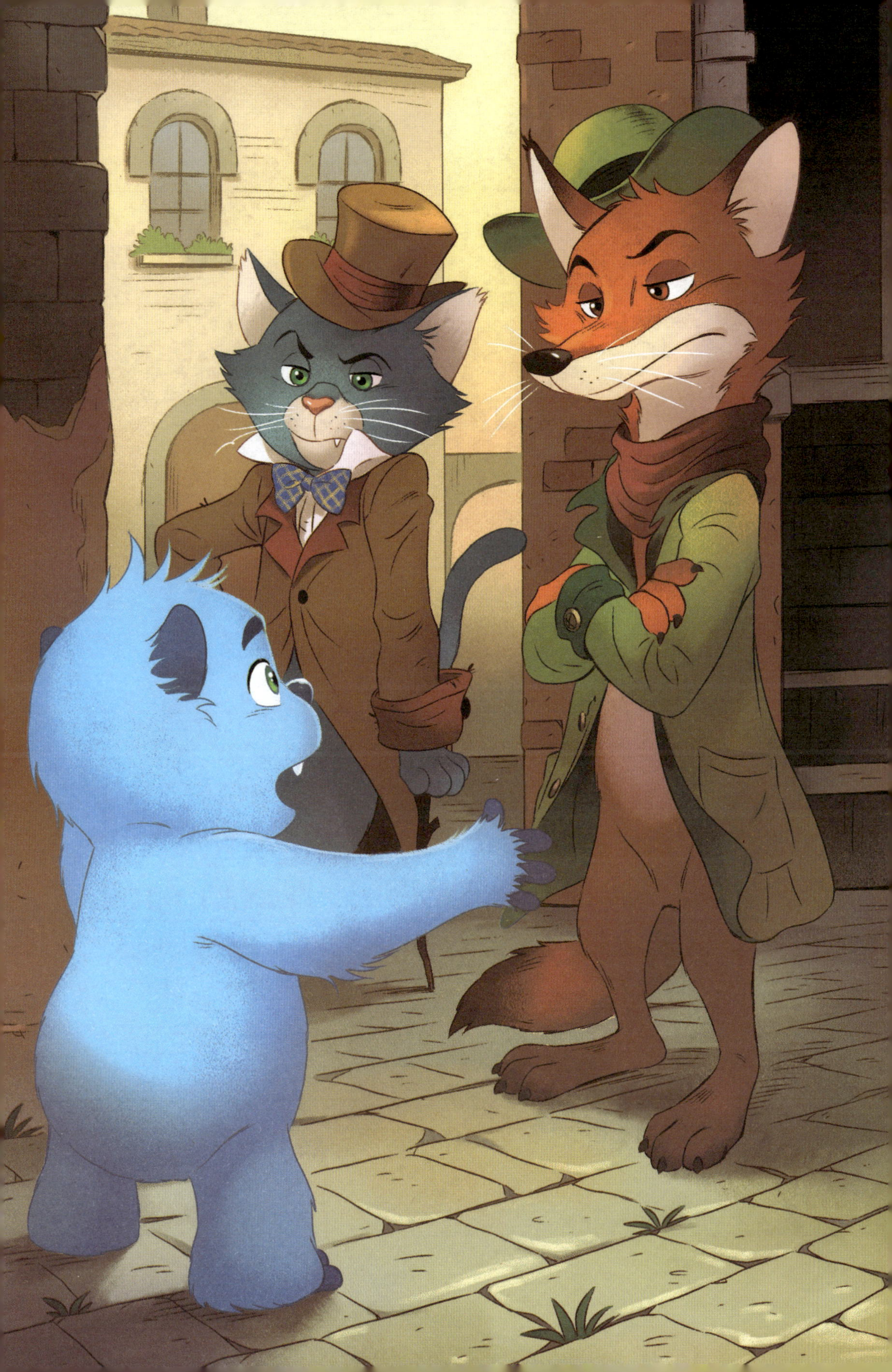

"我来自库珀岛。那里很冷很冷,但却是个温馨幸福的地方。那里的人们亲切友好。我们平时以吃冰块为生,但是有冰冻的旧书运到岛上时,就吃冻书刨冰了。那味道简直好极了。"

猫和狐狸的眼睛里闪烁着贪婪的目光,脸上露出了不怀好意的笑。他们心里想,也许可以从神秘的库珀岛获得赚钱的机会,挣上一大笔钱。

"真是个特别的故事啊。能再讲得详细一点儿吗?我们在这里相遇就是一种缘分,要不要促膝长谈啊?正好,这里有现成的柴火。"狐狸亲切地搂着匹诺曹的肩膀说。

匹诺曹如果是人类的话，一定会起一身的鸡皮疙瘩。

狐狸瞥了一眼表情僵硬的匹诺曹，又说："把你当作柴火来烧就不用斧子了。只要把四肢拆下来，扔进去烧就行了。"

"我，我现在就去捡木头！一定比我烧得更好！"匹诺曹战战兢兢地求着情，希望猫和狐狸放过自己。

猫却摇了摇头说："但是，我们俩可没有那个时间。我们俩很忙的。"

狐狸和猫的话越来越让人毛骨悚然，嘟嘟这才意识到不对劲儿。狐狸伸长了胳膊，似乎马上就要动手卸下匹诺曹的腿。

匹诺曹再次向狐狸和猫乞求："你们没必要辛辛苦苦把我拆解掉！只要在我的脚趾头点上火，火就会慢慢烧遍我的全身。"

猫和狐狸点了点头，在匹诺曹的脚尖上点燃了火，然后坐在旁边。嘟嘟被狐狸和猫的野蛮行径吓坏了，乖乖地坐在狐狸身边。于是，他们从日落聊到日出，聊了整整一夜。天亮时，他们抛下匹诺曹离开了。

甘妮和尼妮决定再给匹诺曹一次机会，于是按照托尼的指引去寻找匹诺曹。但是，一想到与匹诺曹的种种不愉快，姐妹俩前行的脚步变得沉重起来。

突然，她们看到了不远处的匹诺曹。这时，匹诺曹正茫然地坐在地上，小腿几乎被烧没了。

姐妹俩见了，刚才的沉重一下子就烟消云散，心中涌起满满的关爱。

"匹诺曹，到底是怎么一回事？"

我的腿……

看到甘妮和尼妮，匹诺曹终于放声大哭起来。

"哇——啊！我还以为没有人能听到我的哭声，所以才隐忍到现在！"

"好吧好吧，尽情地哭吧。现在我们不是来了吗？"

尼妮从魔法项链里拿出一双崭新的木腿，给匹诺曹重新装上了。甘妮亲切地为匹诺曹擦拭眼泪。

"匹诺曹，一晚上到底发生了什么事情啊？"

"太可怕了！你们在我最危急的时候前来解救我，你们才是真正的朋友。整天一起玩乐的人，不见得就是真朋友……"

听到匹诺曹的感慨，姐妹俩点了点头。在甘妮和尼妮温暖的抚慰下，匹诺曹终于停止了哭泣。

尼妮小心翼翼地问："匹诺曹，跟你一起玩的朋友是谁啊？他来到这里后，惹了不少麻烦吧？"

"没错！我惹是生非也全怪他！"

尼妮虽然觉得匹诺曹在无理取闹，但是想到他刚刚经历了不幸，心中不免产生怜悯之情，没有言语。

甘妮却一针见血地说："现在不是追究责任的时候。我们得齐心协力解决问题。快点告诉我们，那个朋友是谁？现在又去了哪里？"

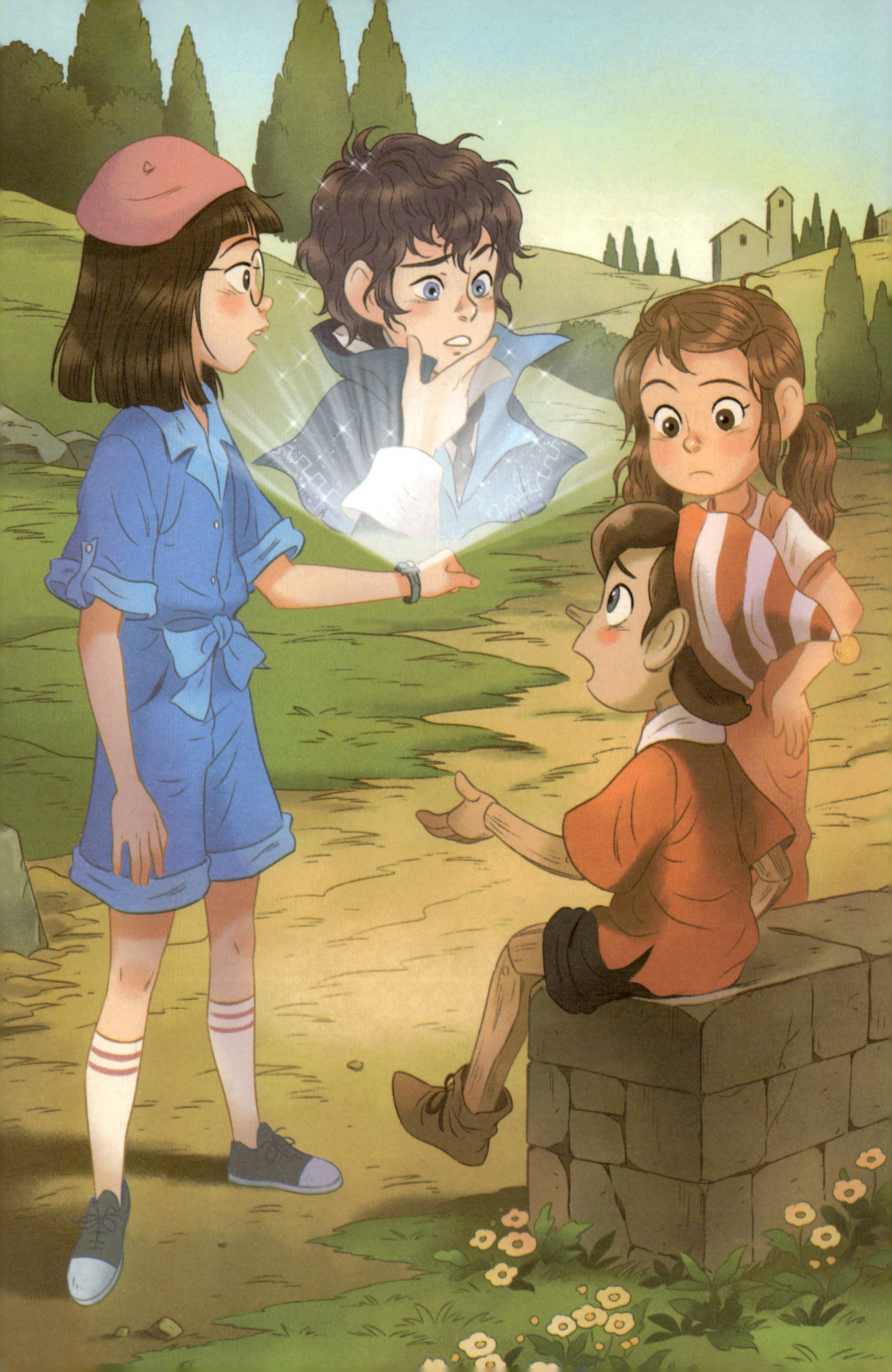

甘妮联系了托尼，让托尼一起来听一听。

匹诺曹开始缓缓道来："那个人的名字叫嘟嘟。他自称来自库珀岛……"

"什么？库珀？从库珀岛来的？"听了匹诺曹的话，托尼惊出一身冷汗。托尼从未听说过库珀离开库珀岛的事情，他怎么也想不通，性格温和、待人友善的库珀，竟然会惹出这么多麻烦。

"真的是库珀吗？浑身上下蓝色毛发的库珀？"托尼再次跟匹诺曹确认。

匹诺曹肯定地点点头。

"库珀都是白色的，为什么颜色变了呢？难道是被诅咒了？到底是谁给可爱的库珀下了诅咒？"托尼更加疑惑了。

第七章 在漆黑的鱼腹中

狐狸和猫把嘟嘟带到舞台上去讲故事,然后商量着要向观众收多少钱。结果,二人为了一个硬币争吵起来。

嘟嘟看到狐狸和猫正忙着吵架,没有注意自己,于是偷偷离开了。

"我得回到匹诺曹那里,不知道他怎么样了……"

嘟嘟赶忙回到前一天晚上休息的地方。那里只剩下匹诺曹烧焦的木腿,其他什么都没有。

嘟嘟一开始有些失落,但很快又变得高兴起来,他自言自语道:"匹诺曹的所作所为总是超乎我的想象。他不会让我失望的!我真想像他那样勇敢洒脱啊!"

嘟嘟为了寻找匹诺曹,飞快地赶着路。就在不远处的海边,嘟嘟看到了杰佩托的身影。

杰佩托也在到处寻找匹诺曹，他觉得身后有人，一回头就看到了嘟嘟。

"你是前两天来我们家的……那个什么……名字，对吧？你看到匹诺曹了吗？他说去上学，但是已经好几天音信全无了。"杰佩托十分思念匹诺曹，他的脸上露出了忧伤的表情。

嘟嘟心里想着，一定得让他保持希望、不放弃。于是他指向大海远处说："那个像不像匹诺曹？你看！他正朝着这边挥手呢。"

恰巧一阵海风吹过岸边，婆娑的树枝迎风摇曳，发出沙沙的声音。焦急万分的杰佩托，仿佛听到远处有人在喊"爸爸"。

还没等嘟嘟说完，杰佩托就毅然决然地跳进了波涛汹涌的大海中。

嗖！

匹诺曹！

甘妮和尼妮，还有匹诺曹三人乘坐蛋糕飞船寻找着嘟嘟。从天上俯瞰，很容易就能发现蓝色毛团。

在飞越海岸线时，匹诺曹突然大声喊道："那边！嘟嘟在那里！"

甘妮和尼妮急忙控制蛋糕飞船，驶向匹诺曹所指的方向。飞船刚一着陆，匹诺曹就好似一头被激怒的豹子一般，怒气冲冲地跑向嘟嘟。姐妹俩也紧随其后跟了过去。

此时的杰佩托在茫茫大海中随波沉浮，一会儿浮出水面，一会儿又沉下去，看起来险象环生，十分惊险。嘟嘟正全神贯注地望着杰佩托，完全没有注意到匹诺曹已经来到了身边。匹诺曹冲向嘟嘟，一把将他扑倒在地。

"你，你这个可恶的家伙！"

意想不到的是，嘟嘟不仅没被吓到，反而非常开心地抱住了匹诺曹。

"匹诺曹！能再见到你，我太开心了！但是出大事了，你爸爸现在很危险！"

"什么？我爸爸？发生了什么事？"

这时，尼妮发现了在大海中不断挣扎的杰佩托。她大喊道："那里！杰佩托好像掉进海里了！"

匹诺曹撇开嘟嘟，径直奔向大海。

"先救你爸吧！嘟嘟以后再抓！"

"不，没那个必要！我们把他关在这里再去吧！"听到甘妮的话，尼妮从魔法项链中变出了牢笼。

"尼妮，你真是个天才！"

甘妮和尼妮快速地将嘟嘟关进铁笼子中，然后从魔法项链里变出了橡皮艇。她们把奋力游泳的匹诺曹拉上橡皮艇，随即朝着杰佩托的方向全速前进。

就在这时，浪涛像一座山一样压了过来，汹涌澎湃的海浪拍向孩子们的橡皮艇。一瞬间，橡皮艇被掀了个底朝天。大家纷纷掉进大海里。

一头鲨鱼扑向了甘妮一行人。

这是什么呀？放我出去！

咕噜！

咕噜！

咕噜！

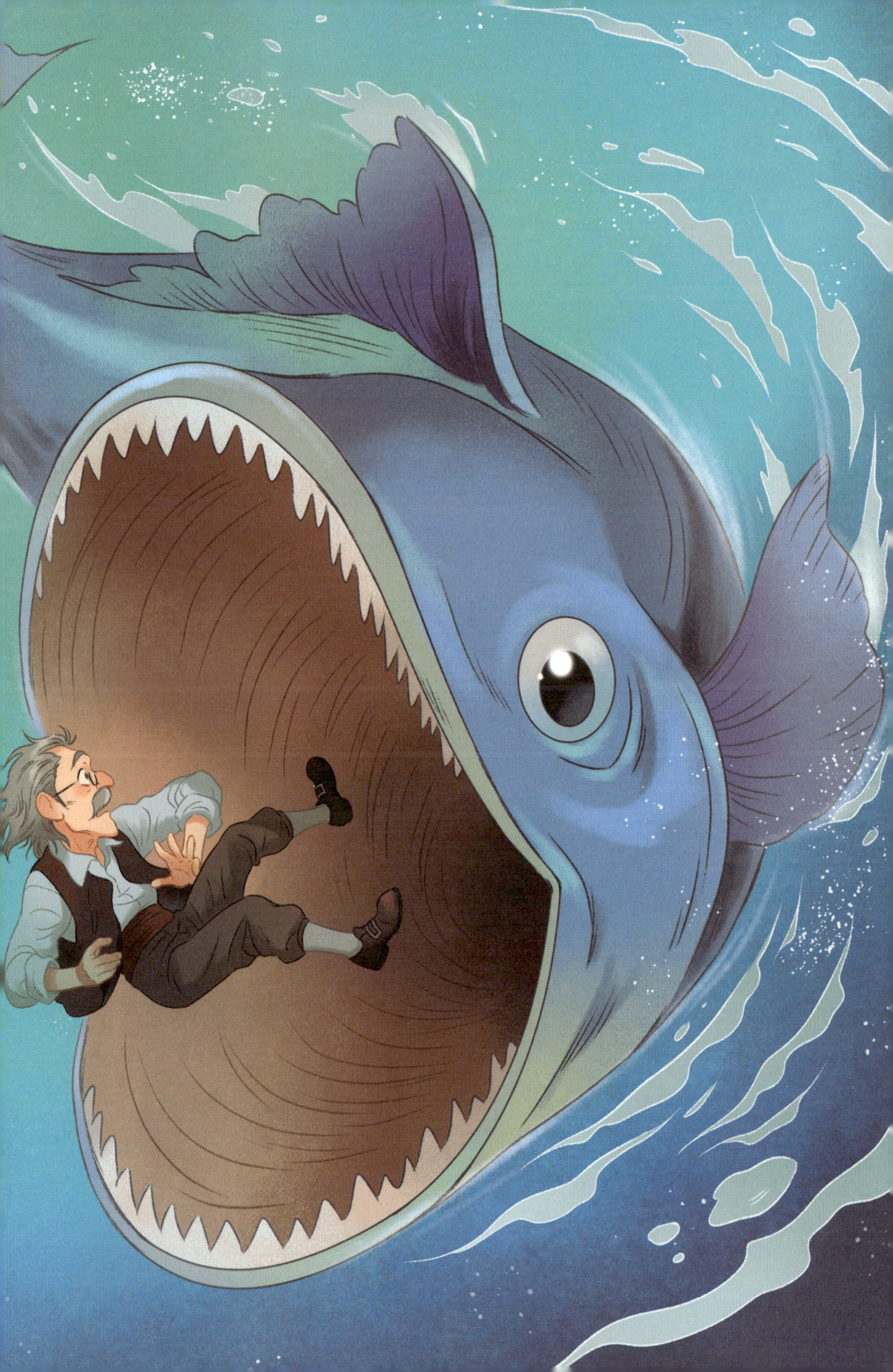

就在这时，鲨鱼张着血盆大口追上来，一口将杰佩托、甘妮、尼妮和匹诺曹吞进了肚子里。四个人跌跌撞撞掉进了一个黑漆漆的地方。杰佩托和匹诺曹被狠狠撞了一下，变得昏昏沉沉，不省人事。

"尼妮，尼妮！你在哪里？"

听到姐姐焦急的呼唤，尼妮打开了手机的照明灯，并把手机放到自己的下巴处。

"我，在这里！"

"啊！在这种状况下，你还想着开玩笑！真是服了你了。"

"姐姐，这里好大的腥味啊。"

尼妮捏着鼻子，借着手机灯光观察着四周。原来大家被鲜红色的圆形围墙包围着。不一会儿，匹诺曹和杰佩托揉着眼睛从昏迷中清醒过来。

"这里到底是哪里啊？"

杰佩托话音刚落，匹诺曹就开口说："我不知道。但是只要爸爸平安无事，无论在哪里都无所谓。"

"匹诺曹，只要你能平安健康，其他的我也别无所求了。"杰佩托张开胳膊，将匹诺曹紧紧拥入怀中。

看到这种场景，甘妮和尼妮窃窃私语。

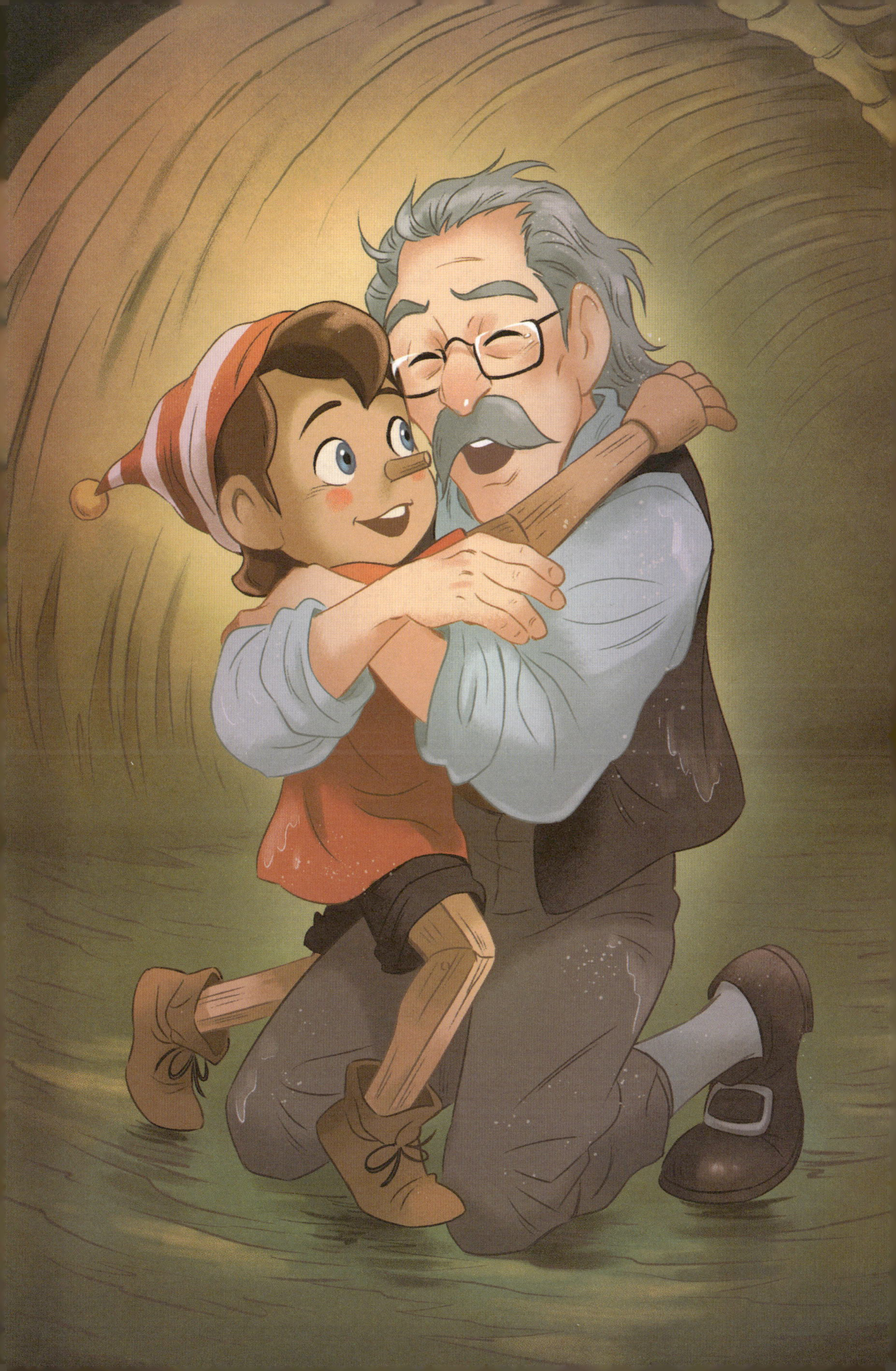

"我感觉匹诺曹好像有点懂事了。"

"但是跟我们家尼妮相比,还差好远呢。"甘妮欣慰地笑了,并用手抚摸着尼妮的头。

"哗啦哗啦!"

这时,伴随着一阵巨大的响声,从上面涌入了大量的海水和小鱼虾。

即使谁也不说,所有人也都知道现在大家已经在鱼腹中了。每当鲨鱼张嘴时,从喉咙口往上看,就能看到外面的海水,同时一大群鱼虾连同海水被吸进来。

"我们趁着鲨鱼张嘴的间隙,迅速逃出去吧!"匹诺曹提出了一个想法。

大家想按照匹诺曹的办法做,但是因为海水涌入的缘故,根本走不动路。

"看来这个办法行不通啊。怎么办呢?"

看到匹诺曹垂头丧气的样子,尼妮自信满满地说:"如果我们自己出不去的话,那就让鲨鱼送我们出去吧!"

"鲨鱼怎么可能把我们送出去呢?"匹诺曹反问道。

尼妮眨了眨眼睛,耐心地解释道:"如果一个人吃东西吃太多了,就可能会呕吐。假如鱼肚子里堆积了大量食物,那么鲨鱼就不得不把多余的食物给吐出去!"

"真是个好办法！"甘妮和匹诺曹异口同声地说。

尼妮利用魔法项链变出了各种各样的食物。食物堆积如山，大家连站立的地方都没有了。

"咕噜咕噜……"不知从哪里传来了奇怪的声响。

随着时间的推移，那种声音传来得更频繁、更响亮了。突然，周围开始地动山摇。

"嗷呜！"

伴随着一声巨响，甘妮一行人连同食物一起被鲨鱼吐了出来。托尼变身为橡皮艇，已经在外面等候多时了。还在鱼肚子里的时候，甘妮就利用魔法手环，提前向托尼请求了支援。托尼稳稳接住了大家，并快速驶向岸边。

"托尼！你又变成史莱姆啦！"甘妮的喜悦之情溢于言表，"你这个模样反而让我们觉得更亲切。"

尼妮也露出了灿烂的笑容，说："托尼，不管你变成什么样子，一见到你我就开心。"

没过多久，一行人就抵达了岸边。甘妮和尼妮向托尼炫耀说已经逮住了库珀，托尼便急不可耐地想要见一见。

但让人意外的是，海边竟然空无一人，姐妹俩大惊失色。

嘟嘟神不知鬼不觉地消失了。

"啊？我明明把他关在铁笼子里……"尼妮既伤心又委屈，不仅因为库珀不见了，而且担心托尼认为自己在撒谎。

"真的！我没说假话！"尼妮着急地大喊道。

"说假话又怎么了？至于这么伤心吗？"

匹诺曹无法理解尼妮此刻的心情。可是尼妮一遍遍的呼喊声，似乎触碰到了木偶人硬邦邦的心。

"整个人都不见了。这到底是怎么一回事？"甘妮伤心极了，说话的声音都在颤抖，"还有铁笼子。"

匹诺曹看着甘妮，陷入了沉思："这也不是关乎自身的事情，她们为什么要这么努力？帮助别人也能得到快乐吗？"

托尼为没有抓到库珀而感到遗憾，但是看到甘妮和尼妮失望的样子，反而安慰起姐妹俩："我相信你们！这一定是真实发生的事情！我们来仔细分析一下，库珀到底是怎么消失的。"

这时大家注意到，杰佩托精疲力竭地瘫坐在沙滩上。甘妮看着疲惫不堪的杰佩托说："匹诺曹，你先照顾好爸爸，我们几个寻找一下库珀失踪的线索。"

尼妮从魔法项链里变出一杯热可可递给了杰佩托。

安顿好杰佩托后，姐妹俩和托尼一起回顾着刚才发生的事情。

"我记得，当时把铁笼子放在大石头的前面。"

"没错！就放在这边平坦的沙滩上。"

甘妮和尼妮记起了铁笼子的位置，托尼在那周围仔细观察了一番。

"找到了！"

"真的吗？"姐妹俩大声回应着凑过去。

托尼从地上捡起了破碎的铁块。

"看来库珀是将铁笼子冻住后,将它弄碎了才逃出来的。库珀有冻结东西的能力。"

"啊……我怎么连这个都不知道,结果……"

看到尼妮垂头丧气的样子,托尼拍了拍她的肩膀说:"我没有提前跟你们说,你们当然不知道了。还有,哪怕是在幻想王国,库珀也是个神秘的生物。不管怎样,我们接着寻找吧。"

"真是的……嘟嘟到底去哪里了?"

当姐妹俩和托尼冥思苦想之时,匹诺曹突然大喊起来。

什么?

三人急忙向匹诺曹跑去。

杰佩托正在安抚气急败坏的匹诺曹。

"怎么了，匹诺曹？发生什么事情了？"尼妮急切地问。

匹诺曹带着哭腔说："嘟嘟他……跟爸爸撒谎说我掉进海里了。爸爸为了救我才跳进大海的。我不会放过他的，这个坏家伙！"

匹诺曹情绪激动，被气得几度哽咽。

托尼诧异地自语："那个温顺善良的库珀怎么会说谎？"

"他哪里善良了？"姐妹俩同时反驳道。

"你现在是在维护嘟嘟吗？"匹诺曹也提高了音量。

托尼感到有些愧疚，急忙解释道："我不是那个意思。到目前为止，我还从没有听说过库珀惹出麻烦的事情。这在幻想王国还是头一次。"

甘妮一脸严肃地说："话虽如此，事情不是已经明明白白摆在眼前了嘛！"

"库珀身上到底发生了什么呢？"托尼露出紧张的表情，摇了摇头。

"看来只有抓到嘟嘟审问，才能知道事情的真相！匹诺曹，你要跟我们一起去找他吗？"尼妮握紧了拳头。

尼妮的问话没有得到任何回复。众人这才注意到，就在他们讨论时，匹诺曹已经消失不见了。

"匹诺曹去哪儿啦？"姐妹俩异口同声地问。

看到甘妮和尼妮一脸茫然，杰佩托说："我还没来得及劝他……他就说要去报仇，让我别出声，一溜烟跑掉了。请你们一定要帮帮他，不要让他再一次误入歧途。"

"您放心吧。我们一定会找到匹诺曹，并且把他安全带回来的。"尼妮握住杰佩托的手，转头对托尼说，"托尼，拜托你好好照顾杰佩托。寻找匹诺曹和库珀的事情，就交给我们吧！"

第八章　开往玩具国的马车

"给我站住！嘟嘟！快点停下来！"

匹诺曹发现了坐在马车上的嘟嘟。马车顶上写着"玩具国"三个字。匹诺曹一心想找嘟嘟报仇，想到他一定会去有趣的地方，于是马不停蹄地追到这里。

功夫不负有心人，嘟嘟终于被找到了。

马车停下来接人的间隙，匹诺曹拉着嘟嘟的胳膊，想将其拽下马车。但是嘟嘟不肯下车，反而想将匹诺曹拉到车上。

"匹诺曹，这是开往玩具国的马车。那是个快乐有趣的地方。你也跟我一起去吧！"

匹诺曹看到嘟嘟若无其事的样子，既生气又无奈，内心愤怒的火山再也无法不爆发。

"又有趣又快乐？你不配！快点给我下来！"

匹诺曹始终不肯撒手，他被行驶中的马车拖行着。这严重影响了马车的行驶速度，于是车夫停下了车。

你先上车再说。到了玩具国,你们是想玩耍还是打架都没问题。在那里你们可以想做什么就做什么!

玩具国

听到车夫说那里可以为所欲为，匹诺曹也有些心动。但是一想到爸爸，他摇了摇头。正当匹诺曹犹豫不决的时候，嘟嘟抓住匹诺曹的胳膊，一把将他拉到车上。

你不是也想去吗？我太了解你了。我们一起去吧！

你了解我？如果你了解我，怎么还那么对待我？

匹诺曹，那你告诉我，你到底想的是什么？我一定不违背你的想法，我绝对支持你！

哼！到了那里，我要第一时间揍你一顿。

好啊。如果这就是你的愿望，我心甘情愿被你揍。你能消消气了吗？

消不消气有什么用！你还会像上次一样弃我而去！我的双腿都被烧成炭了，可是你却头也不回地走了！

我丢下你？！不是这样的。我担心狐狸和猫会伤害我们俩，所以先假意配合他们，再找机会回来救你。千真万确！但是我回去的时候，你已经不见了。

那你为什么要欺骗我爸爸？为什么把爸爸骗到海里？

> 当时看到你爸爸焦急万分地寻找你,所以我就想着要给他一点希望。我还没来得及劝他,他就"扑通"一下跳进海里了。我有什么办法呀!

> 什么?给他希望?那种谎话怎么能给人希望?话能随便乱说吗?

> 你不也说过谎话嘛!我也是突然间脱口而出的,没想到事情会变成这样……

> 遇到你真倒霉啊!

听了嘟嘟的解释,匹诺曹渐渐平息了怒火。

不久便到了目的地。匹诺曹一看到玩具国华丽的入口,瞬间就把爸爸的事情抛在了脑后,满脑子都是想玩的念头。

匹诺曹跟着嘟嘟,在玩具国里尽情地玩耍。玩具国里有数不清的各类玩具,无论玩多久都没有人管。这里还有甜美可口的冰激凌和饼干,供大家免费品尝。

但是没过多久,匹诺曹的身体就开始出现异常。他的身上不仅长出了毛,身体也变得越来越轻。

"嘟嘟,你有没有感觉自己变轻了?"匹诺曹疑惑地挠着头,内心不安地说。

"啊?你的手怎么了?"嘟嘟看到匹诺曹的手后大声惊叫,随即又发出了清脆的笑声,"匹诺曹!你看看你的耳朵!到底怎么一回事?太好玩了!"

"我怎么变成这样?这是什么?难道我长出了骡子耳朵?"

匹诺曹的脑袋上突然冒出了一对骡子耳朵，他的手和脚也逐渐变成了蹄子的模样。匹诺曹发现自己变成骡子，惊恐地发出了悲鸣声。

"我怎么也变了？"嘟嘟看到自己长出了尾巴，反而更加开心了。

"哈哈哈！我长尾巴了！尾巴是怎么用的？难道是开怀大笑的时候甩的吗？"嘟嘟一点都没意识到危险。

嘟嘟爽朗的笑声很快就变成了"咴儿咴儿"的骡子叫声。

这时车夫走了过来，说："你们吃了那么多，变身变得很快嘛。"

车夫将变成骡子的匹诺曹和嘟嘟拉了出去。随后命令他们一刻不停地搬运石头。仅仅工作了一天，匹诺曹和嘟嘟就已经累得筋疲力尽了。

匹诺曹意识到，自己在为至今为止犯下的错误接受惩罚。爸爸一定对我失望吧！他时刻关心我，不惜失去生命也要救我。但我总惹是生非，还说狠话伤害他……一件件一桩桩事情浮现在匹诺曹的脑海里。

匹诺曹刚要停下来擦一擦眼泪，车夫就挥舞着鞭子走了过来。

"别想着偷懒，快点干活！你不是一直玩得很尽兴嘛！在变成骡子之前！"车夫抽出了几鞭。

"啊！别打了！请你不要打了！"

匹诺曹和嘟嘟虽然在声嘶力竭地喊着，但是发出来的声音只是骡子叫。

一天的工作结束后，车夫把两头骡子带到马厩里。

匹诺曹和嘟嘟在又臭又脏的马厩里互相依偎着。

"匹诺曹，我现在想回家了。"嘟嘟的声音沉闷沙哑、气力微弱，完全失去了往日的激情与活力。

匹诺曹默不作声，只是叹了一口气。

"像我这样的捣蛋鬼还能回到家里吗？我还能跟爸爸一起生活吗？"匹诺曹陷入了沉思。

第九章　解救匹诺曹

看来匹诺曹还是不懂事。我以为他自己为了爸爸，结果又去玩了。

姐姐，我们也去那边看看吧！

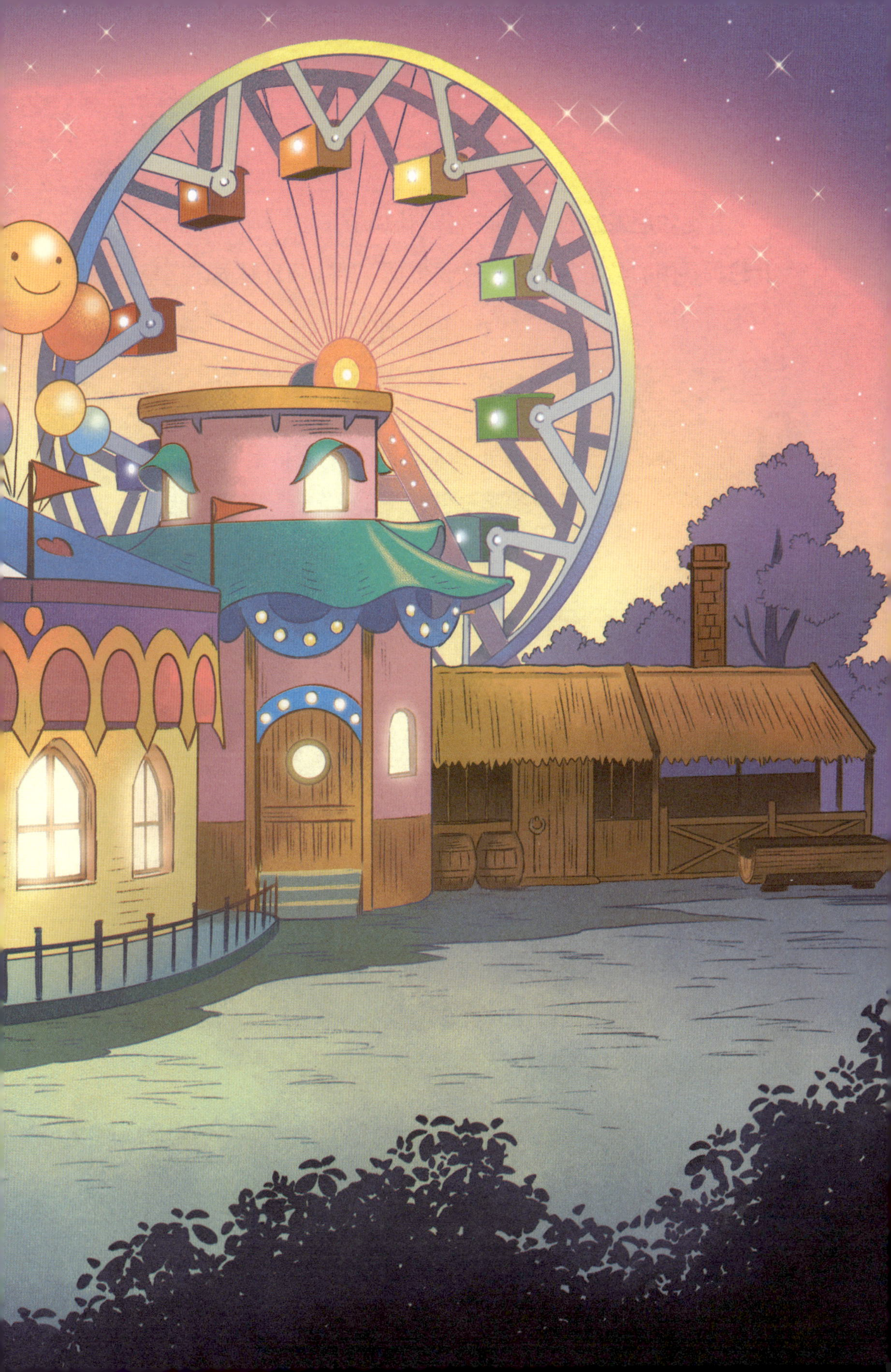

甘妮和尼妮四处寻找匹诺曹和嘟嘟的行踪，听说他们坐上了开往玩具国的马车后，立刻驾驶蛋糕飞船来到玩具国。这里是一个华丽的游乐园，但奇怪的是游乐场的旁边有一个马厩。

游乐园里是一片欢声笑语，马厩里传来的却是骡子的叫声。怎么形容呢？微妙？奇妙？

哇！尼妮，你看那个游乐设施！

不行！姐姐，冷静点儿。我们得去找匹诺曹！

没错！多亏你阻止我。我们家尼妮竟然能经受住游乐园的诱惑，这到底是怎么一回事儿呢？

看似可爱的匹诺曹，惹出了那么多麻烦。他的所作所为给了我很大的启示。所以，我们要时刻保持警惕才行。

哈哈哈！在我失去理智的时候，你一定紧张坏了吧？还好我们俩始终都在一起。

姐姐！那边马厩里有个蓝颜色的东西！

蓝色？难道是蓝发仙女？

对了！到现在还没见到蓝发仙女。

是啊，难道这个王国的问题出在这里？嘟嘟出现后，蓝发仙女就消失不见了。

是啊，这么说……

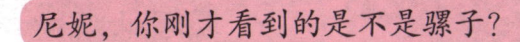

尼妮，你刚才看到的是不是骡子？

蓝色的吗？不确定，我们先去确认一下吧。

姐妹俩悄悄溜进马厩，径直走向蓝色的骡子。

这时，另一头骡子走了过来，轻轻把头靠在了尼妮的背上。尼妮回头一看，正好与那头骡子的眼神相遇了。她总觉得骡子的眼神有种熟悉的感觉。

"匹……匹诺曹？"尼妮刚叫出名字，那头骡子就点了点头。

"姐姐，找到匹诺曹了！那么你就是嘟嘟？"

蓝颜色的骡子也点了点头。

甘妮环顾四周后，压低声音道："我们先逃出去再说吧，小心被发现了。"

但此时，车夫已经站在了马厩门口。

孩子们，你们怎么不去游乐场里玩啊？那里面好玩的东西可多了。
这两头骡子是我们的朋友，我们要带他们走。
你的想象力真丰富啊！你朋友怎么会变成骡子呢？好了，你们快去玩吧。快点！
为什么总让我们玩？我想玩的时候自然会去！

听话！快点出去玩吧！那样才能变成骡子呀！
你，你说什么？
不好！说漏嘴了。
快点站住！既然知道了这里的秘密，绝不能让你们离开这里！
赶快逃跑吧！

孩子们终于甩掉了车夫，安全返回到杰佩托的家里。大家的心情久久不能平静。

虽然逃出了玩具国，但匹诺曹和嘟嘟还是骡子。

甘妮用魔法手环呼叫了托尼。托尼使出浑身解数想要解除魔法，仍然无济于事。

"真是可怕的诅咒！用我的魔法也解不开。"

听了托尼的话，匹诺曹觉得自己这辈子只能当骡子了，于是眼前一黑，瘫坐在地上。

"在变成不会说话的骡子之前，我就应该向爸爸说声对不起。我还想告诉他，我很爱他。"匹诺曹的眼睛里噙满了泪水。

"我的匹诺曹啊，无论你是木偶人还是骡子，我依然爱你。不管你变成什么样子，你都是我的儿子。"看到这样的匹诺曹，杰佩托走过来紧紧抱住了他。

话音刚落，匹诺曹就"咴儿咴儿"哭了起来，豆大的眼泪一滴一滴落在身上。

让人意象不到的是，骡子皮竟开始慢慢脱落，不一会儿匹诺曹的木头身子露了出来。

匹诺曹双手抱紧了杰佩托，放开后高兴地蹦来跳去。随后，他走向了嘟嘟。

爸爸，真的对不起。还有，我爱你！

"如果你也像我一样懂得反省自己，那么你也能变回原来的样子！"

可嘟嘟无法理解匹诺曹的话。

"我到底做错了什么？我只想每天都开开心心的。我那么喜欢匹诺曹，他究竟让我反省什么呢？"嘟嘟心里想。

尼妮似乎读懂了嘟嘟的心思，她看着嘟嘟的眼睛，温柔地抚摸着他的背说："我也从来没想过要惹父母生气，但是有时候不经意会犯错误，也曾被父母教训过。也许你也和我一样吧。你不是故意制造麻烦的，是吗？"

嘟嘟点了点头。

尼妮继续说："追求快乐不是你的错，但是只管自己随心所欲，不考虑其他人的感受，这是不对的。你得让周围的人和你一起开心才行。记住了吗？"

听了尼妮的话，嘟嘟回想起自己的种种行为：为了和匹诺曹一起玩，让杰佩托伤心；伤害路上行人，弄倒了摊位；虽然是善意的谎言，但是导致杰佩托陷入危险之中……

嘟嘟反思着，泪水从他的眼睛里夺眶而出，蓝色的骡子皮也逐渐脱落下来。

脱掉骡子皮的嘟嘟向匹诺曹和杰佩托诚挚地表达了歉意，又向甘妮和尼妮表达了感谢，还向托尼解释了事情发生的缘由。

"吃字的时候……没想到后果会这么严重。我的本意不是为了毁掉故事王国。"

听了嘟嘟的话，托尼亲切地说："现在把字还给我吧。我们把故事恢复如初。"

嘟嘟张开大嘴，发出了打哈欠一样的声音。随后，嘟嘟吃掉的词语从他的嘴里飞了出来，他的毛发也随之还原成白色。

原来是"蓝发仙女"！

尾声　对嘟嘟的审判

知识场图书馆的庭院一侧,有一个幻想王国的露天法庭。这是一个美丽的地方,周围百花盛开,还有郁郁葱葱的树木环绕着。但是现在,大家的注意力不在风景上,而在法官身上。

"当当！"法官敲下了法槌。

"偷偷进入知识场图书馆，有罪！吃了幻想王国的公共财产——书籍，有罪！给故事王国带来了混乱，有罪！"

下面宣布判决结果！

"考虑到你喜欢阅读，一切错误都源自一颗想读书的纯洁之心，所以做出如下判决：今后的一百天里，嘟嘟要在知识场图书馆里做搬运工，任务是将运往库珀岛的旧书搬到船上；另外，无论天气再炎热，也不能吃冰块解暑。"

嘟嘟轻轻叹了一口气，接受了判决。他为自己犯下的错误，向大家深深鞠躬道歉。

"我让大家费心了，实在很抱歉。"

"姐姐，'费心'是什么意思啊？浪费……好心？"

"尼妮，你真会联想！费心就是操心的意思。"

"嘟嘟认识的词语可真多啊！是因为吃了冻书刨冰的缘故吗？我也想尝一尝。"

"你是想变得更聪明，还是只想吃一顿啊？"托尼开起玩笑。

"哈哈哈！"

当大家沉浸在欢乐之中时，嘟嘟走向了他们。

"托尼，我的其他朋友怎么样了？"

面对嘟嘟的问题，托尼诧异地反问："其他朋友？"

"是的。跟我一起从库珀岛来的朋友们。"

"什……什么？除了你，这里还有其他库珀？"托尼的脸上露出了惊慌失措的表情。

这时，甘妮和尼妮紧紧握住了双手，用坚定的语气说："别担心，我们这就出发！"

寻找关键人物

杰佩托被困在大鱼嘴里！如果你能找到一个关键人物的名字，杰佩托就能逃出鱼肚子了！

（提示：原著中从鱼肚子里救出杰佩托的是谁？）

甘	嘟	尼		
里	匹	妮		
鲨	海	努	托	
库	曹	鲸	个	嘟
蓝	色	鱼	仙	物
	诺	女		

名著聊天室

托尼将甘妮和尼妮邀请到聊天室里。

> 匹诺曹这栗子那么大的一个小人,惹是生非的能力倒是不一般呢!

> 你怎么知道的?匹诺曹的名字里包含着"像松子一样小"的意思。在意大利托斯卡纳地区的语言中,"匹诺曹"是"松果"的意思。

> 我们经常用"栗子大小"来形容人,原来与意大利用松子来比喻人有异曲同工之妙啊。

> 不管怎样,匹诺曹虽然贪玩,也不太听话,但他的本性还是不坏的。

> 是啊,正因为如此,不至于太讨厌他,也不能随便训斥他。所以,我就更累了!

> 哈哈哈,这本书刚出版的时候,引起了不小的争议,原因就是害怕故事里的匹诺曹形象给小读者们带来不好的影响。

> 能理解。匹诺曹不仅不听杰佩托的话,任性妄为,不爱学习,还贪玩,大家有这种担心也是正常的。

> 虽说如此,我在读这本书的时候,对匹诺曹的某些行为还是能产生共鸣,因为我们心里都住着一个调皮捣蛋、爱惹麻烦的小精灵。顺便问一下,作者怎么那么了解孩子们的心思啊?

> 那就让我们来听听作者的故事吧!

作者简介

卡洛·科洛迪

（1826年11月24日—1890年10月26日）
19世纪意大利著名儿童文学作家

卡洛·科洛迪出生于弗罗伦萨乡下的一个厨师家庭，因为家庭不宽裕而没能完成学业，后在书店兼出版社工作。

卡洛在很长一段时间内不分体裁勤奋写作，不仅写剧本、小说和有趣的旅行指南，还写了很多文笔幽默的时文与言辞犀利的评论。

之后，卡洛像夏尔·佩罗一样，从事加工改造著名作家作品的工作。在这个过程中，卡洛逐渐对儿童文学产生了兴趣。1881年，卡洛在《儿童报》上刊登了《一个木偶的故事》。木偶匹诺曹的故事一经发表，即引起了轰动。故事分期连载到1883年，最终出版成书，这就是《木偶奇遇记》。在此期间，卡洛一度想停止连载，并且想以匹诺曹吊死在树上结束故事。但在读者们的请求和周围人的劝说之下，故事越写越长，结尾也改成了幸福的结局。所以有人说，《木偶奇遇记》是"偶然写成的巨作"。

即便如此，我们也不能把《木偶奇遇记》当作偶然的产物。《木偶奇遇记》之所以如此深入人心，是因为作者在写各种各样文章中磨炼出的智慧与才能对《木偶奇遇记》的创作产生了至关重要的作用。

法国童话作家和批评家夏尔·佩罗（1628—1703）漫画像（登于《木偶奇遇记》初版，意大利漫画家恩里科·马赞提绘）

快速了解《木偶奇遇记》

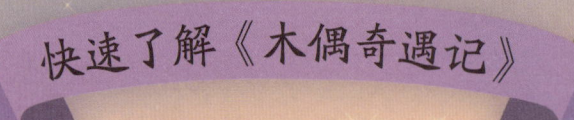

1

杰佩托制作了木偶人,并取名为匹诺曹。匹诺曹在杰佩托的劝说下决定去上学。但是在上学路上被木偶剧团的演出所吸引,差点被木偶剧团的团长用作柴火……匹诺曹经历了各种危机。

6

匹诺曹为了逃离农夫,在大海里拼命地游,结果被鲨鱼一口吃掉。在鲨鱼肚子里,匹诺曹意外见到了杰佩托。与爸爸一起好不容易从鲨鱼肚子里逃出来后,匹诺曹白天干活、晚上学习,成为一个乖孩子。最后,善良的蓝发仙女把匹诺曹变成了人类少年。

2

从木偶剧团逃出来的匹诺曹遇到了狐狸和猫，并听说了"把金币埋进奇怪的田里，就会长出金币树"的传闻，于是决定前往猫头鹰国的奇怪的田。但事实上，这是狐狸和猫的骗局。伪装成强盗的狐狸和猫攻击了匹诺曹，导致匹诺曹差点死掉。

3

辛亏蓝发仙女及时出现，匹诺曹才得以获救。匹诺曹向蓝发仙女撒了谎，没有将金币的事情告诉她，实际上金币就在他的口袋里。说了谎话的匹诺曹的鼻子越变越长，还好蓝发仙女召唤来了啄木鸟，才把匹诺曹的鼻子啄短。

4

匹诺曹听说爸爸在大海上，于是来到海边。海豚告诉匹诺曹，他的爸爸可能被鲨鱼给吃了。看到匹诺曹伤心不已的样子，蓝发仙女告诉他，只要做一个好孩子，就会见到爸爸。

5

听了蓝发仙女的劝告，匹诺曹回到学校，打算当一个好孩子。但是他没有抵住诱惑，坐上了开往玩具国的马车。匹诺曹在玩具国里尽情玩耍，玩着玩着就变成了一头小毛驴，还被卖到了马戏团。可怜的匹诺曹在演出的时候摔瘸了腿，没了用处，又被马戏团团长卖给了农夫。农夫想要用驴皮做一张鼓，于是将匹诺曹扔进海里，想要淹死他后再剥皮。但是，匹诺曹不仅没有被淹死，还变回了木偶的模样。

彼得·潘

绿野仙踪

爱丽丝梦游仙境

红发安妮

名著岛

海的女儿

木偶奇遇记

图书在版编目(CIP)数据

变成骡子的匹诺曹/(韩)智逎莉著;赵英来译;(韩)李景姬图. —福州:海峡文艺出版社,2023.11(2024.1重印)
(魔法图书馆)
ISBN 978-7-5550-3524-4

Ⅰ.①变… Ⅱ.①智…②赵…③李… Ⅲ.①儿童故事—图画故事—韩国—现代 Ⅳ.①I312.685

中国国家版本馆 CIP 数据核字(2023)第 207396 号

〈간니닌니 마법의 도서관:피노키오의 새로운 모험〉
Copyright ©2023 by 스튜디오 가가(加嘉工作室), Story by 지유리(智逎莉), Illustration by 이경희(李景姬)
All rights reserved.
The simplified Chinese translation is published by FUJIAN HAIXIA LITERATURE AND ART PUBLISHING HOUSE CO., LTD. in 2023, by arrangement with BOOK21 PUBLISHING GROUP through Rightol Media in Chengdu.
本书中文简体版权经由锐拓传媒旗下小锐取得(copyright@rightol.com)。
著作权合同登记号:图字 13—2023—103 号。

变成骡子的匹诺曹

[韩]智逎莉 著　　赵英来 译　　[韩]李景姬 图

出 版 人	林　滨
责任编辑	邱戌琴
出版发行	海峡文艺出版社
经　　销	福建新华发行(集团)有限责任公司
社　　址	福州市东水路 76 号 14 层
电话传真	0591—87536797(发行部)
印　　刷	福州德安彩色印刷有限公司
厂　　址	福州市金山工业区浦上标准厂房 B 区 42 幢
开　　本	720 毫米×1010 毫米　1/16
字　　数	80 千字
印　　张	8.25
版　　次	2023 年 11 月第 1 版
印　　次	2024 年 1 月第 2 次印刷
书　　号	ISBN 978-7-5550-3524-4
定　　价	29.00 元

如发现印装质量问题,请寄承印厂调换